고양이,
만나러
갑니다

행복한 고양이를 찾아가는
일본 여행

고양이,
만나러
갑니다

행복한 고양이를 찾아가는
일본 여행

고경원 글·사진

아트북스

행복한 고양이를 찾아가는 여행

고양이를 좋아하게 되면서 늘 마음에 두었던 꿈이 있다. '고양이로 시작해 고양이로 끝나는 여행'을 질리도록 해보는 꿈. 고양이의 은덕을 기리는 사찰이 있고, 길고양이가 많기로 유명한 마을이 있고, 해마다 복고양이 축제가 열리는 일본은 그런 점에서 내게 1순위 여행지였다. 카페 란포의 안경 쓴 고양이 점원 료스케나, 길고양이 출신의 고양이 역장 타마처럼 사연 있는 고양이 소식을 접할 때마다 얼른 만나보고 싶어 가슴이 뛰었다. 무엇보다, 인간과 고양이가 행복하게 공존하는 모습을 보고 싶었다.

이 책에는 2007년 7월부터 2008년 11월 사이에 다녀온 세 차례의 고양이 여행을 4부로 나눠 담았다. 첫 번째 여행에서는 소심하게 도쿄 언저리에서만 맴돌았지만, 두 번째 여행에선 용기를 내어 도쿄에서 조금 떨어진 소도시까지 찾아갔다. 세 번째 여행에서는 오사카, 와카야마, 교토, 이세 등을 돌며 일본의 고양이 문화를 살펴볼 수 있었다. 짬짬이 다녀오는 여행은 늘 짧은 듯 아쉽지만, 그런 아쉬움이 다음 여행을 떠나게 해줄 원동력이 된다. 내겐 아직 쓰지 못한 고양이 여행 지도가 있고, 그걸 다 쓰기 전까지는 이 여행도 끝나지 않을 테니까.

처음에는 여행 정보를 생략하고 고양이 이야기만 담을 생각이었지만, 초고를 고쳐 쓰면서 가이드북의 성격도 일부 곁들였다. 가볼만한 고양이 명소에는 약도와 영업시간 등을 함께 표기했다. 단, 목적지까지 소요 시간은 평균 시간이므로 개인에 따라 차이가 날 수 있다는 점을 미리 밝혀둔다. 일본으로 고양이를 만나러 가는 여행을 꿈꿨지만 어떻게 가는지 알 수 없어 망설였던 사람들이 참고할 수 있으면 좋겠다.

각 부는 고양이에 대한 관심도에 따라 활용할 수 있게 구성했다. 도쿄 여행 중에 하루 정도만 고양이를 위한 시간으로 뺄 수 있는 사람이라면, 1부에 소개한 고양이 마을 야나카 산책을 권하고 싶다. 1부의 고양이 명소는 모두 걸어서 이동할 만큼 가깝기 때문에 약도 대신 산책 지도를 만들어 여행에 참고하도록 했다. 2, 3부에 소개된 고양이 명소와 마네키네코 발상지는 모두 한국인이 즐겨 찾는 도쿄와 오사카를 기점으로 1~2시간 이내에 갈 수 있는 곳이라 찾아가는 데 별 어려움이 없다. 4부에서는 일본의 일상 속에 스며든 고양이 문화의 흔적을 짚어보았고, 여행 중에 만났던 인상 깊은 길고양이 이야기를 각 부의 사이사이에 실었다.

책을 준비하면서 많은 분께 도움을 받았다. 야네센 산책 지도를 아기자기하게 그려주신 일러스트레이터 훅끼(신혜원) 님, 고토쿠지와 야나카 여행에 유용한 정보를 알려주신 박사 님과 이명석 님, 이케다 아키코 작가 인터뷰에 힘써 주신 히로아키 고바 님과 와치필드코리아 김영규 님, 일본어 관련 수정 사항을 꼼꼼하게 지적해주신 하시카와 코이치 님과 권유진 님, 고양이 문화 취재를 지원해주신 한국블로그산업협회 www.bbakorea.org에 마음 깊이 감사드린다. 신뢰할 수 있는 편집자와 일하는 기쁨을 알게 해준 손희경 님, 사진 많은 책을 예쁘게 디자인해준 디자이너 김은희 · 손현주 님께도 고마움을 전한다. 책에서 못다 한 이야기는 '길고양이 통신' 블로그http://catstory.kr에서 마저 나눌 수 있기를 바란다. 나만의 고양이 여행을 꿈꾸는 사람들에게, 이 책이 작은 선물이 될 수 있다면 좋겠다.

2009년 12월

고경원

葉巻・パイプタバコ
ザラム・強臭のタバコは
及えません。

:: 028

:: 122

:: 097

:: 156

:: 208

:: 287

:: 248

:: 299

trip 1

고양이 마을
야나카 산책

가만히 걷는 것만으로도 행복한 고양이 마을 야나카(谷中). 마음이 치유되는 고양이 카페,
세상에서 하나뿐인 고양이 인형을 만드는 공방, 고양이 전문 갤러리가, 고양이를 좋아하는
이들을 불러 모은다. 이곳에서라면 인간과 고양이가 함께 행복해지는 방법을 찾을 수도 있
지 않을까? 고양이 여행의 출발점을 야나카로 정한 건 그런 까닭에서다.

지도에서 경로부터 먼저 파악해요

본문 2·3부에 실은 약도는 전철역 중심으로 찾아가는 방법을 설명했지만, 1부는 고양이 명소가 서로 인접해 있기 때문에 첫 방문지에서 가장 가까운 다음 목적지로 이동하는 방법을 적었어요. 하지만 책에 수록된 순서는 이동경로 순이 아니니까, 야네센 산책 지도를 먼저 보고 동선을 파악한 뒤 본문의 '고양이 만나러 가는 길' 설명을 봐야 이해하기 쉬워요.

시간이 없다면 경로를 단축해요

2013년까지 휴관하는 아사쿠라 조소관, 조금 멀리 떨어진 야나카도 방문을 생략하면 동선이 짧아져요. 닛포리 역에서 나와 먼저 야나카 레이엔을 잠시 돌아보고 다시 역 쪽으로 되돌아와 유야케 단단 쪽으로 향하면 되거든요. 즉, 야나카 레이엔[03]→고양이 인력거→유야케 단단→야나카 긴자→요미세 도리→카페 란포[02]→갤러리 네코마치[06]→네코마치카페29[06]→넨네코야[01] 순으로 이동하면 돼요.
※[ ] 안의 숫자는 [고양이 만나러 가는 길]의 해당 번호

센다기 역에서 출발한다면 카페 란포부터

센다기 역에서는 카페 란포 방면으로 가는 게 빨라요. 오후 8시까지 문을 여는 카페 란포는 일단 위치만 확인하고, 갤러리 네코마치와 넨네코야에 먼저 들르는 게 좋아요. 오후 6시면 문을 닫기 때문이죠.

출출할 때 명물 간식을 먹어 보아요

야나카 긴자의 멘치카쓰(メンチカツ) 가게 '스즈키(すずき)', 요미세 도리(よみせ通り)의 애플파이 가게 '마미즈(マミーズ)', 네즈 진자(根津神社) 앞의 붕어빵 가게 '네즈노타이야키(根津のたい焼き)' 등이 유명해요. 가격도 저렴하고, 산책하다 출출해진 배를 달래는 데 그만이에요.

야나카의 고양이 버스, 토자이 메구린

토자이메구린(東西めぐりん)은 15분 간격으로 운행해요. 1일 승차권을 끊으면 1일간 자유 승하차가 가능하고, 기타메구린(北めぐりん)·미나미메구린(南めぐりん)으로 1회씩 환승할 수도 있어요. 아침 일찍 서두르면 환승 혜택을 활용해 마네키네코 발상지인 이마도 진자(今戸神社, 3부 수록)와 야나카를 하루에 볼 수 있지요.
즉, ①긴자(銀座) 선 아사쿠사 역 기타메구린 1번 정류소(浅草駅)에서 승차하면서 1일 승차권 구입→②4번 정류소(リバーサイドスポーツセンター前) 하차, 이마도 진자 구경→③아사쿠사 역까지 도보 이동(약 25분 소요)→④토자이메구린 환승, 27번 정류소(浅草駅), 다음 목적지까지 약 40분 소요. 순환버스라 27~33번 다음에 1번 정류소로 이어지니 당황하지 마세요→⑤7번 정류소(谷中靈園入口) 하차, 야나카 레이엔·야나카도 구경→9번 정류소(特養ホーム谷中入口) 하차, 카페 란포로 이동하는 방법입니다.
그밖에 야나카 긴자·요미세 도리 방면은 10번 정류소(谷中銀座·よみせ通り), 센다기 역은 11번 정류소(千駄木駅)에 내리면 됩니다. 만약 카페 란포에서 야나카 레이엔·야나카도 방면으로 가고 싶다면 야나카 소학교 건너편 12번 정류소(谷中小学校)에서 승차, 14번(谷中靈園入口) 정류소에 하차합니다.

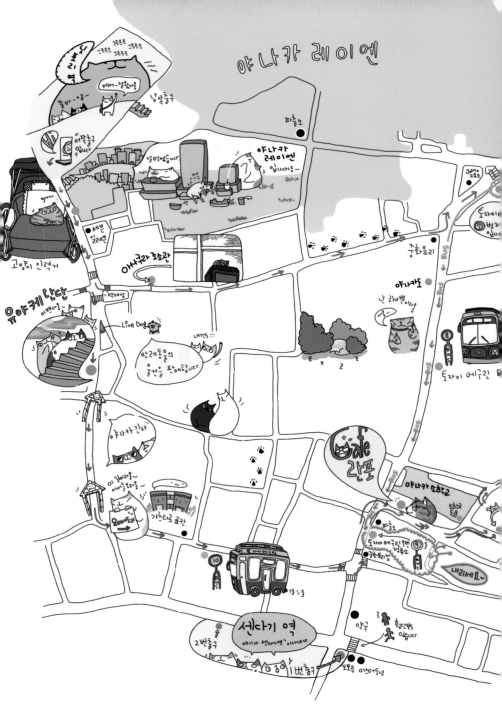

야네센을 둘러보는 두 가지 경로

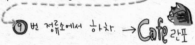 첫번째 경로

야나카레이엔 → 아사쿠라 조소관 → SCAI THE BATHHOUSE

→ 토자이 메구린 7번 정류소 에서 승차
8번 정류소에서 하차. 길 건너 야나카도

↘ ⑨번 정류소에서 하차. → Cafe 란포

→ 갤러리 네코마치 → 네코마치 cafe 29 → 넨네코야

두번째 경로

야나카 레이엔 → 저녁놀 계단

→ 야나카 긴자 → Cafe 란포 → 갤러리 네코마치

→ 네코마치 Cafe 29 → 넨네코야

고양이 거리
야네센 谷根千
산책 지도

일러스트 | 훅끼(신혜원)

넨네코야의 윙크하는 고양이
신이치

번화가를 떠밀리듯 걷기보다 골목을 천천히 걷는 여행이 좋다. 북적이는 거리에서는 볼 수 없는 길고양이도, 골목으로 접어들면 한두 마리쯤 나타나기 마련이니까. 고양이 여행에 가장 잘 어울리는 야나카谷中에서, 고양이 여행의 첫발을 내딛는다.

도쿄의 한 귀퉁이에 자리 잡은 오래된 동네 야나카, 인접 지역인 네즈根津, 센다기千駄木의 머리글자를 한데 묶어 야네센谷根千이라고 부른다. 이 일대는 고양이가 많기로 유명해서, 길가에 한없이 여유로운 자세로 늘어져 낮잠 자는 길고양이나, 목에 방울을 달고 자유롭게 외출하는 집고양이를 어렵지 않게 볼 수 있다. 고양이를 없애야 할 대상으로 여기지 않고 너그럽게 받아들인 사람들 덕분에 '고양이 마을'이라는 애칭도 생겨났다.

그러나 단지 길고양이가 많다는 이유만으로 야나카가 유명해진 건 아니다. 고양이 테마 카페와 공방, 아트숍, 갤러리 등이 하나둘 들어서서 '고양이 문화벨트'를 이루면서, 야나카는 고양이를 좋아

하는 사람들이 즐겨 찾는 명소가 됐다. 아늑한 고양이 카페를 좋아하는 사람이라면 일곱 마리 고양이 점원이 있는 넨네코야ねんねこ家나 안경 쓴 고양이 료스케를 만날 수 있는 카페 란포乱歩˙에 마음을 빼앗길 테고, 고양이 예술품에 관심이 있다면 갤러리 네코마치ギャラリ-猫町나 주문 제작으로 세상에서 하나뿐인 고양이 인형을 만드는 야나카도谷中堂, 고양이 조각으로 유명한 아사쿠라 조소관朝倉彫塑館에서 눈을 떼지 못할 것이다. 여기에서라면 고양이가 거리를 유유자적 행복하게 걸을 수 있지 않을까. 여행의 출발점을 야나카로 정한 건 그런 까닭에서다.

　야나카의 고양이 명소 중에 가장 먼저 가보고 싶었던 카페 겸 공방인 넨네코야로 향한다. 따뜻한 차와 아담한 앉은뱅이 찻상, 슬며

시 다가온 고양이가 얼굴을 부비는 넨네코야는 마음속으로 꿈꾸던 고양이 카페의 이상향 그대로다. 아기자기한 고양이 소품으로 가득한 넨네코야를 더욱 특별하게 하는 건 일곱 마리 고양이 점원들이다. 어렸을 때 다친 채 버려진 고양이, 이전 주인에게 학대받다 구출되어 가게에 눌러앉은 고양이, 야나카의 저녁놀 계단에서 놀다가 즉석 채용된 애교만점 고양이, 교통사고 후 수혈을 받고 간신히 살아난 고양이 등 저마다 사연을 간직한 고양이 점원들은 넨네코야를 찾아온 손님을 따뜻하게 맞이한다. 가게 앞에 앉아 무심한 듯 털을 고르며 손님을 끌거나, 주문한 차를 기다리는 손님 옆에 발라당 누워 애교를 부리는 게 고양이 점원들의 주된 일과다. 이들은 한곳에 매여 있지 않고 내킬 때마다 가게 안팎을 자유롭게 드나든다.

　사람처럼 주문을 받거나 그릇을 치우지는 못하지만, 고양이 카페

에서는 이런 고양이 점원들의 위로 업무를 중요시한다. 카페를 대
표하는 매력적인 고양이가 있는지 없는지에 따라 고양이 카페의 명
운이 갈리기도 하기 때문이다. 일본에서는 사랑스런 고양이의 모습
을 보면 "치유됩니다"라고 말하는데, 고양이 특유의 유유자적한 성
품이 고단한 마음을 치유해준다고 느끼기 때문이 아닐까. 아무 근
심 없이 잠든 고양이의 사랑스러운 모습을 보고 있으면 정말 그런
느낌이 든다. 낯선 거리를 걸으며 긴장했던 나도, 단잠에 빠진 고양
이를 보며 지친 마음을 잠시 내려놓는다.

넨네코야의 운영 방식은 여느 고양이 카페와는 좀 다르다. 목요

일부터 일요일까지, 그리고 경축일에는 카페로 변신하지만, 월요일부터 수요일까지는 본연의 모습인 공방으로 돌아온다. 카페도 오전 11시 반부터 오후 6시까지만 문을 열 뿐이다. 공예품을 팔아 소소한 수익을 올리는 것보다는 차나 음식을 파는 쪽이 이문을 남기기가 더 쉬울 텐데 굳이 이런 운영 방식을 고수하는 건 선뜻 이해가 되지 않는다. 하지만 공방보다 카페의 비중이 커진다면 작품을 만드는 데 전념할 시간이 줄어들 것은 빤한 일이다. 적게 벌고 적게 쓰더라도, 소중한 창작 시간을 몇 푼의 돈과 맞바꾸지 않겠다는 소신이 느껴져서 좋았다.

벽에 걸린 고양이 그림들을 찬찬히 본다. 유독 윙크하는 고양이의 초상화가 많다. 뭔가 사연이 있는 듯한 초상화의 주인공은 넨네코야의 고양이 점원 중 가장 경력이 오래된 신이치. 1997년생인 신이치는 카페에 비치된 '고양이-사람 연령 환산표'에 따르면 예순네 살이니, 환갑을 넘긴 할아버지뻘이 되는 셈이다.

최장수 점원으로 근무해

온 공로를 인정받아 명예점장의 자리까지 얻었지만, 신이치에게는 지워지지 않는 상처가 있다. 새끼고양이 때 왼쪽 눈을 심하게 다친 채 공장 철거지역에 버려졌던 것이다. 넨네코야 주인에게 구조되어 간신히 목숨을 건졌지만, 치료할 수 없을 만큼 손상된 왼쪽 눈은 포기해야 했다. 결국 한쪽 안구를 적출한 신이치는 그때부터 오른쪽 눈만으로 세상을 보게 됐다. 거리에 그대로 방치되었다면 살아남기 힘들었겠지만, 신이치는 넨네코야로 입양되어 정다운 가족과 새 삶을 얻었다.

　신이치를 모델로 한 엽서와 초상화를 보노라면, 유달리 그에게 애착을 갖는 주인장의 마음이 그대로 묻어난다. 카페 입구를 지키는 낡은 목각 고양이 인형 역시 신이치의 모습을 모델로 삼은 것이다. 자신을 본뜬 수많은 작품 속에서, 신이치는 한쪽 눈이 없는 고양이가 아니라 365일 윙크하는 애교만점 고양이로 거듭난다.

　카페에 전시된 고양이 초상화 중에서도 식물성 안료로 그림을 그리는 아카시 미호明石美穗의 작품이 마음을 끈다. 그림 속의 도도한 고양이가 한때 버려져 사경을 헤매던 처지였다는 걸 누가 상상할 수 있을까. 버려진 고양이도 사랑받으면 꽃처럼 고운 고양이가 된다. 집고양이나 길고양이나, 건강한 고양이나 다친 고양이나, 모두 소중한 생명이라고, 그림 속의 신이치가 가만히 말을 건네는 것 같다.

　도쿄에 머무는 동안 뜻하지 않게 넨네코야에 두 번 들르게 됐다. 처음 넨네코야를 방문했던 시각이 오후 5시 반. 한국의 여느 카페라면 그제야 본격적인 영업을 시작할 무렵이지만, 오후 6시까지만 문을 여는 넨네코야에서는 슬슬 문 닫을 준비를 하고 있었다. 홈페이지에서 여름철 연장 영업을 한다는 글을 얼핏 읽었던 터라 늦지 않았을 거라고 생각했지만, 연장 영업은 사전 예약한 손님이 있을 때만 하는 모양이었다. 돌아가야 한다는 걸 알면서도 미련이 남아 아트숍의 물건만 만지작거리다, 빈손으로 가기는 서운해서 고양이 그림이 그려진 버튼을 집어 든다. 그런데 계산하려니 "프레젠또present"라며 돈을 받지 않겠단다. 행색을 보아하니 외국인인 듯한, 어렵게 찾아온 손님을 그냥 돌려보내기가 딱했던 모양이다.

　한번 계획이 어긋났다고 포기할 수는 없는 노릇. 무엇보다도 넨네코야에서 꼭 해보고 싶은 일이 있었다. 결국 다음 날 시간을 넉넉히 잡고 다시 넨네코야를 찾았다. 넨네코야의 명물인 냥 카레ニャンカレー를 주문해볼 생각이었다. 평소 맛집 탐방에는 그다지 관심이 없었지만, 귀여운 고양이 얼굴 모양을 한 냥 카레만큼은 꼭 먹어보고 싶었다.

　넨네코야는 메뉴판 모양도 예사롭지 않다. 꼬리를 빳빳이 세운 고양이의 실루엣을 따라 나무판을 깎아 만든 모습은 귀엽기 짝이 없다. 게다가 가격을 몰라 주문을 망설이지 않아도 되도록, 음식 사진을 붙이고 가격을 커다랗게 적어 둔 게 마음에 든다.

　한 끼 식사비로 쓸 수 있는 돈의 최대치를 헤아려보고 1,500엔짜

리 냥 카레 세트를 시킨다. 카레 세트를 주문하면 후식으로 고양이 발바닥 모양 경단과 음료가 나오는데, 하얀 찹쌀떡에 팥알을 얹어 고양이 발바닥 모양을 완성하는 놀이가 재미있다. 메뉴 중에는 '냥 카레' 외에 '고양이 혀 스튜猫舌シチュー'도 있다. '고양이 혀'란 일본에서 뜨거운 것을 잘 먹지 못하는 사람을 가리키는 관용적 표현인데, 역시 뜨거운 음식을 먹지 못하는 고양이의 습성에서 따온 것이라고 한다.

견과류와 생과일로 장식한 고양이 얼굴 모양 카레가 그릇에 담겨 나오면, 손님들은 소스를 끼얹어 얼룩무늬 고양이로 만들기도 하고 사진도 찍으며 논다. 고양이 얼굴에 이런저런 얼룩무늬를 만들다 보니 마음이 허전하다. 이럴 땐 고양이를 좋아하는 친구와 함께 마주앉아 내가 그린 고양이 무늬가 더 귀엽다는 둥 네가 만든 고양이 발바닥은 그게 뭐냐는 둥 주거니 받거니 해야 제 맛인데.

폐점 시간이 다 되어 아쉬운 마음으로 넨네코야를 나선다. 넨네코야 주인이 5퍼센트 할인권이 인쇄된 엽서와 지도 한 장을 건네준다. A4 용지에 야나카 길고양이들의 출몰 장소가 꼼꼼하게 표시되어 있다. 여러 번 복사해서 희미해진 손글씨를 읽는 데는 시간깨나 걸릴 것 같지만, 고양이 마을 야나카를 한눈에 파악할 수 있는 보물 지도를 얻은 기분이다.

가게를 나설 때, 동료 고양이와 입술을 부비며 인사하는 신이치와 마주쳤다. 오늘 하루도 열심히 일했으니 수고했다는 뜻일까. 은근한 정이 담긴 고양이 인사가 마음에 와 닿는다. 건강하렴, 신이치. 내년에도 윙크하는 네 얼굴을 볼 수 있으면 좋겠어.

고 양 이 만 나 러 가 는 길 0 1

넨네코야ねんねこ家

찾아가는 길
갤러리 네코마치에서 네코마치카페29 방면으로 가다가, 두 번째 나오는 오른쪽 큰길로 내려가지 말고 계속 직진→오른편에 다이묘(大名) 시계박물관을 지나 직진→길이 끝나는 정면에 절이 있고, 오른편에 좁고 가파른 내리막길이 있음→쭉 내려가다 보면 오른편에 넨네코야

★ t i p !
11:30~13:00 사이에는 식사 손님 중심으로 영업

홈페이지 www.nennekoya.com 주소 東京都 台東区 谷中2-1-4 전화 03-3828-9779
영업시간 11:30~18:00(목, 금~17:00) 휴업일 월~수요일
※2012년부터 상품 판매 종료. 카페만 운영.

생전의 신이치 점장에게 인사하는 산키치(오른쪽).
2010년 8월 신이치가 무지개다리를 건넌 뒤로, 산키치가 점장으로 활동하고 있다.

카페 란포의 간판 고양이
료스케

일본의 고양이 카페에서는 가게를 대표하는 유명한 고양이를 '간판 고양이看板猫'라 부른다. 윙크하는 고양이 신이치가 넨네코야의 간판 고양이라면, 카페 란포乱步°에는 안경 쓴 고양이 료스케良介가 있다.

영화 「구구는 고양이다ググだって猫である」의 포스터가 붙은 카페 란포의 문을 열면, 먼지처럼 내려앉은 잡동사니 사이로 오래 묵은 시간의 냄새가 풍긴다. 한때 한국의 대학가에 즐비했던 옛날 찻집처럼 적당히 어둡고 예스러운 공간. 그래서인지 처음 보는 이곳도 익숙하게 느껴진다. 나무 바닥을 밟으며 안으로 들어서면 재즈 음악이 가장 먼저 손님들을 반긴다. 입구 맞은편 벽에서 예리한 눈으로 방문객을 쳐다보는 포스터 속 주인공 역시 재즈 음악가 마일스 데이비스일 만큼, 곳곳에 음악을 사랑하는 주인의 취향이 묻어난다.

카페 란포의 개성은 세 단어로 요약된다. 추리소설, 고양이, 재즈. 공통점이라곤 찾기 어려운 세 가지 요소가 공존하는 건 카페 주

인 스즈키 미노루鈴木稔 씨의 취향이 다방면에 걸쳐 있기 때문이다.
카페 이름도 일본 추리소설계 1세대 작가인 에도가와 란포江戸川乱歩
의 이름에서 따온 것이다. 에도가와 란포의 초기 단편소설 「D언덕
의 살인사건D坂の殺人事件」에는 작가의 분신인 명탐정 아케치 고고로明
智小五郎가 최초로 등장하는데, 카페 란포와 인접한 단고자카団子坂 가
바로 소설 속 'D언덕'의 배경이 되었다는 사연이 전해진다.

에도가와 란포는 사인을 할 때면 "현실은 꿈, 밤의 꿈이야말로
진실!"이라는 문구를 함께 써주곤 했다고 한다. 카페 란포의 실내
조명이 은근히 어두운 건, 에도가와 란포가 남긴 글귀처럼 '밤의
꿈'을 담은 공간을 구현하고 싶어서였을 것이다. 손으로 툭 치면 무
너질 듯 위태로운 문고판 소설 더미, 기이한 표정의 이국적인 가면

들, 100년도 넘은 골동품 시계, 느닷없는 해골 모양 장식품이 한 데 모여 카오스를 이룬 카페에 따스함을 불어넣는 건 역시 고양이다.

고양이를 좋아하는 사람들이 카페 란포를 찾아오는 건, 이곳의 간판 고양이 료스케를 만나기 위해서다. 카페 주인 할아버지는 특별히 마음에 둔 고양이에게 료스케라는 이름을 붙여 주곤 했다는데, 지금 카페 란포의 매니저로 일하고 있는 료스케는 이 이름을 3대째 이어받은 고양이다. 주인 할아버지가 키우던 고양이 료스케에게 장난처럼 만들어 씌워 준 안경이 트레이드마크가 되어, 안경 쓴 료스케와 기념사진을 찍기 위해 찾아오는 고양이 애호가들이 줄을 잇는다. 료스케가 가게에 없을 때도 있는데, 주인 할아버지께 부탁하면 2층에서 쉬고 있는 고양이를 데리고 내려온다고 한다.

카페 란포를 찾아갔던 날도 어떤 여자가 나보다 먼저 휴대전화 카메라로 료스케를 찍고 있었다. 료스케는 이미 카메라 세례에 익숙한 듯, 앞발을 나란히 모으고 앉아 근엄한 표정을 짓는다. 료스케를 바라보며 사진을 찍는 여자의 입가에는 내내 웃음이 감돈다. 세상에는 마음에 둔 고양이 한 마리를 만난 것만으로도 행복해지는 사람이 있는 것이다.

여자가 카페를 나가고 나서, 나도 료스케에게 슬며시 다가가 사진을 찍는다. 그런데 주인 할아버지가 고양이처럼 소리 없이 다가

오더니 료스케에게 안경을 씌워 준다. 어쩐지 멋쩍은 생각이 들어서 료스케와 기념사진을 찍고 싶다고 차마 말하지 못했는데, 할아버지 쪽에서 먼저 눈치를 채고 안경을 꺼내온 것이다. 내가 사진 찍던 여자의 마음을 읽은 것처럼, 그도 홀린 듯 료스케를 바라보는 내 마음을 읽은 모양이다. 고양이를 좋아하는 사람의 마음은 그렇게 통한다.

고양이에게 안경을 씌워 주는 할아버지의 주름진 손을 본다. 잔주름 사이로 오랜 세월의 흔적이 겹겹이 스며 있다. 얌전히 머리를 맡기는 료스케도, 그의 머리를 두 손으로 가만히 받친 할아버지도, 서로 익숙한 일과여서인지 호흡이 척척 맞는다. 찾아오는 손님이

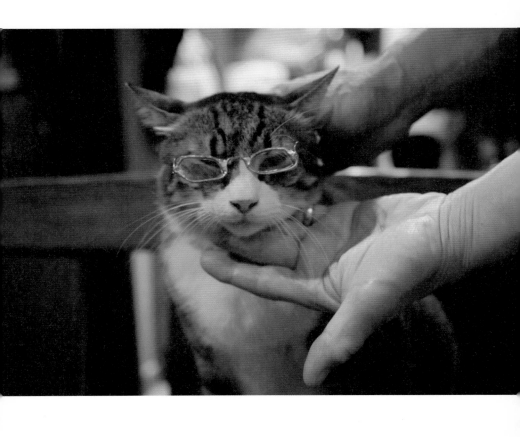

있을 때마다 노인과 고양이는 이 의례를 반복해왔을 것이다. 어쩌면 료스케가 쓰는 안경은, 격식 갖춰 손님을 맞이하기 위한 정장 비슷한 것인지도 모른다. 언뜻 보아서는 나이를 짐작하기 어려웠던 료스케는, 안경을 쓰니 비로소 주인 할아버지와 비슷한 연배로 보인다. 이 오래된 카페에서 할아버지도 료스케도 함께 나이를 먹어가겠구나 하는 생각에 가슴이 뭉클하다. 좋아하는 친구와 함께 늙어갈 수 있다면, 좋아하는 것에 둘러싸여 살 수 있다면, 삶이 고단하더라도 마음만은 풍요로울 것 같다.

꼭 료스케를 만나기 위해서가 아니어도 카페 란포에 들른다면 야나카 산책에 요긴한 정보를 얻을 수 있다. 어느 관광지에나 그 지역의 홍보대사를 자처하는 열정적인 주민들이 있는데, 카페 란포의 주인 할아버지도 그랬다. 따로 요청하지 않았는데도 친절하게 야나카 지도를 건네며 우에노上野 역 일대에서 열리는 여름축제 정보까지 알려주셨으니까. 아무래도 이번 여행 중에는 가보기 힘들 듯한 가부키 공연과 재즈 공연 전단지까지 쥐여 주시는 바람에 당혹스럽기도 했지만, 그 배려에 감사하는 마음으로 받아든다.

카페를 찾은 손님들의 방명록을 넘겨본다. 일본어로 짤막한 감상을 적은 글이나 고양이를 그린 낙서가 대부분이지만, 한국인 여행객이 남기고 간 흔적도 드문드문 보인다. 어떤 이는 "야나카가 한국 여행 사이트에 소개되어 유명해지는 일은 없으면 좋겠다"고 썼다. 뜨내기 관광객이 몰려와 고즈넉한 카페의 평화를 깨뜨리는 걸 보고 싶지 않은 마음, 여행 중에 우연히 발견한 이곳을 자신만의 비밀스런 쉼터로 남겨두고 싶은 마음을 알 것도 같다.

　다른 방문객이 남긴 글을 뒤적이다. 나도 짤막하게 방명록에 글을 남긴다. 다음에 야나카에 들르게 된다면, 우리 집 고양이 스밀라와 함께 오고 싶다고. "우리 가게를 어떻게 알았는지 외국에서도 손님들이 많이 찾아온다"며 자부심을 내보이는 할아버지를 위해, 일부러 한글로 쓴다. 카페 란포가 내게 료스케와 함께한 추억을 선사한 것처럼, 나도 주인 할아버지께 낯선 언어로 남겨진 특별한 추억을 선물하고 싶다.

고 양 이 　 만 나 러 　 가 는 　 길 　 0 2

카페 란포 ヵフェー 乱步`

찾아가는 길

도쿄메트로 치요다 선 센다기 역 1번 출구→정면 횡단보도 건너 직진 → 약국(クサカリ 薬局) → 중화요리점(中華料理 砺波) →파출소→일본종이 가게 이세타츠(いせ辰) →카페 란포(도보 5분)

주소 東京都 台東区 谷中2-9-14　**전화** 03-3828-9494　**영업시간** 10:00~20:00
휴업일 월요일

야나카 레이엔에서 만난
고양이 대부

고양이 여행을 목표로 야네센 일대를 돌아보는 방법에는 두 가지가 있다. 하나는 닛포리 역에서 내려 야나카 긴자 쪽으로 내려가는 것이고, 다른 하나는 네즈 역이나 센다기 역에서 닛포리 역 방면으로 되짚어 올라오는 방법이다. 아무래도 도쿄를 여행하는 한국인 여행자에게는 닛포리 역으로 이어지는 야마노테 선이 더 익숙할 테니, 이 인근에서 가장 먼저 마주치게 될 고양이 출몰 지역은 도쿄에서 가장 오래된 묘지인 야나카 레이엔谷中靈園이 될 확률이 높다.

규모가 10만 평방미터에 달한다는 야나카 레이엔의 첫인상은 공원에 가까웠다. 실제로 일본의 꽃놀이철인 하나미花見 무렵이면 꽃구경을 하러 모여든 사람들로 발 디딜 틈이 없을 정도라고 한다. 한데 꽃에 별로 관심이 없는 길고양이에게 이곳은 다른 의미에서 쓸모 있는 장소이다. 우거진 나무 그늘 아래 잡풀로 뒤덮인 묘원은, 잠자리가 마땅치 않은 길고양이의 쉼터로 애용되기 때문이다.

어딘가에서 고양이가 쉬고 있을 것만 같아서 묘원 안으로 한참을

걸어 들어가 본다. 꽤 깊숙한 곳까지 왔다 싶을 때쯤, 나무 그늘에 누운 고양이 한 쌍과 눈이 마주쳤다. 밀크티처럼 흐릿한 색의 털옷을 입은 고양이랑 통통한 몸집의 호랑무늬 고양이다. 밀크티 고양이는 무성히 자란 잡풀을 쿠션 삼아 낮잠을 자다가 인기척에 눈을 뜨고는, 성큼성큼 걸어와 내 발치에 털썩 드러눕는다. 새끼를 가졌는지 배가 불룩한 호랑무늬 고양이는 발라당 드러누워 나뭇가지 사이로 쏟아지는 햇살을 만끽하는 중이다. 낯선 침입자를 발견하고서도 두 녀석 다 오래 전부터 나와 얼굴을 익힌 사이라도 되는 것처럼 거리낌이 없다. 사람에 대한 경계심이 없는 걸 보면, 주기적으로 밥을 챙겨주는 사람이 있는 모양이다. 나도 덩치 큰 길고양이인 척하며 그들 곁에 슬그머니 끼어 앉아 본다.

고양이와 눈길을 주고받으며 땀을 식히고 있을 때였다. 저 멀리서 자전거를 탄 할아버지 한 분이 다가오는 게 보였다. 모자에 조끼까지 갖춰 입은 모습을 보면 묘원 관리자 같기도 한데, 정확히 알 수는 없었다. 묘소 앞에서 고양이와 놀고 있는 내 모습이 이상해 보일까 싶어서 나도 모르게 한걸음 물러났다. 길고양이를 찍다가 별난 사람 취급을 받았던 기억이 반사적으로 떠올라서다.

한데 할아버지는 내 존재는 안중에도 없는 듯, 말없이 고양이 곁에 자전거를 세우더니 짐바구니에서 뭔가 주섬주섬 꺼내 비석 앞에 내려놓는다. 복숭아 통조림만큼 큰 참치 통조림 하나, 나이테 무늬가 그려진 일회용 스티로폼 그릇 몇 개, 나무젓가락 한 벌. 묘소에

올리기 위해 가져온 음식으로 보기에는 너무 단출했다. 어디선가
많이 본 저 조합은, 아무래도 고양이를 위한 상차림 같았다.

　짐작은 틀리지 않았다. 아까부터 뭔가를 기다리는 것처럼 보이던
고양이들이 꼬리를 한껏 치켜들고 다가와 할아버지 옆에 얌전히 앉
더니 밥그릇에 머리를 들이민다. 좀 있으니 어디서 냄새를 맡았는
지 삼색 고양이 한 마리가 새로 나타나, 고양이 야외 식당의 손님은
모두 세 마리로 늘었다. 특별할 것 없는 참치 통조림일 뿐이지만,
보기만 해도 마음이 넉넉해지는 고양이 밥상이다. 길고양이 동호회
에서는 보통 길고양이에게 밥을 챙겨주는 사람을 '캣맘'이라고 부
르는데, 이분은 '캣대디'라고 불러야 할지. 아니 그보다는 '고양이

'대부'란 말이 어울리겠다.

떠나는 할아버지를 눈인사로 배웅하고, 슬슬 돌아가 볼까 하고 주변을 돌아보는데 갑자기 막막해졌다. 별 생각 없이 묘원 한가운데로 헤집고 들어온 바람에 방향감각을 잃어버린 것이다. '한 방향으로만 계속 가면 되겠지' 하고 무작정 걸었더니, 20분 넘게 비슷한 자리를 맴돌고 있는 게 아닌가. 곧 있으면 해가 질 텐데, 이러다 길을 잃는 건 아닌지 점점 더 불안해졌다. 때마침 묘원 한가운데를 가로질러 달리던 아저씨를 붙들고 길을 묻지 않았다면 어두워질 때까지 야나카 레이엔을 빠져나오지 못했을지도 모른다. 공원이나 다름없는 야나카 레이엔이 그 아저씨에게는 조깅 코스였던 모양이다.

커다란 배낭과 카메라를 메고 진땀 흘리는 내 행색을 본 아저씨는 나가는 길을 열심히 설명해 주었지만, 의사소통도 쉽지 않은 외국인에게 묘원을 빠져나가는 복잡한 길을 설명하는 일이 잘될 리 없다. 결국 안 되겠다 싶었는지, 닛포리 역까지 함께 가주겠단다. 사양할 처지가 아니어서 군말 없이 아저씨 옆에 바짝 따라붙었다.

혼자 낯선 곳을 여행할 때면 사람이 가장 무섭다. 오죽하면 귀신을 만나는 것보다 외진 곳에서 혼자 낯선 사람과 마주치는 일이 더 오싹하다 할까. 그러나 혼자 여행하다 보면 어쩔 수 없이 타인의 선의에 나를 맡겨야 할 때가 온다. 사람에 대한 믿음이 절실해지는 순간도 그때다.

야나카 레이엔에서 고양이 대부를 만났다는 글을 블로그에 올리니, 한 블로거가 "몇 년 전 야나카에 머물 때 나도 그 할아버지를 만났다"고 반기며 덧글을 남겼다. 아마도 할아버지는 길고양이 밥 주는 일을 그렇게 오랫동안 계속해온 모양이다.

한번 길고양이와 인연을 맺게 되면, 그 연은 쉽게 끊어지지 않는다. 연세 지긋한 노인들일수록 고양이에 대한 편견이 많을 거라고 짐작하지만, 반드시 그렇지만도 않다. 가족과 멀어지고 친구들도 하나둘 세상을 떠나 마음 둘 곳 없어진 노인들이야말로, 고양이의 따뜻한 위로가 필요한 사람들이 아닐까. 길고양이와 노인, 세상에서 소외된 두 존재는 그렇게 서로의 처지를 알아보고 마음을 연다.

고 양 이 만 나 러 가 는 길 0 3

야나카 레이엔谷中靈園

찾아가는 길
JR 야마노테(山手) 선 닛포리(日暮里) 역 서쪽 출구로 나감(야나카 긴자 방면) →좌회전 직진→관광안내 표지판 바로 왼쪽 작은 계단(도보 1분)

주소 東京都 台東区 谷中7-5-24 **전화** 03-3821-4456(야나카 레이엔 관리소)

고양이를 사랑한 조각가
아사쿠라 후미오

고양이 마을 야나카를 대표할 만한 예술가를 한 명만 꼽으라면, 고양이를 사랑했던 조각가 아사쿠라 후미오朝倉文夫, 1883~1964가 떠오른다. 그는 한때 열다섯 마리가 넘는 고양이와 작업실에서 함께 살았고, 1964년 도쿄올림픽 개막에 맞춰 고양이 조각 100점으로 구성된 대규모 전시를 계획하기도 했다. 비록 그 꿈은 백혈병에 걸려 세상을 떠나는 바람에 이뤄지지 못했지만, 고양이에 유독 애착을 보였던 그의 작품들은 오늘날까지도 남아 있다.

한국 최초의 근대 조각가인 김복진의 도쿄미술학교 시절 은사이기도 했던 아사쿠라 후미오는 '일본의 로댕'으로 불릴 만큼 뛰어난 조각가였다고 한다. 하지만 그의 이름이 내게 어떤 의미가 있다면 그가 유명한 조각가여서가 아니라, 고양이를 남달리 사랑한 작가였기 때문이다. 왜 그는 고양이에게 그리 애착을 느꼈을까. 야나카에 자리 잡은 아사쿠라 조소관朝倉彫塑館을 거닐며 그의 삶을 되짚어보면 비로소 의문이 풀린다.

자신보다 아홉 살 많은 형이 조각가로 활동하는 모습을 보며 조각가의 꿈을 키웠던 아사쿠라 후미오는 도쿄예술대학의 전신인 도쿄미술학교 조소과에 입학했다. 그러나 가난했던 그는 인체모델을 섭외할 돈이 없었다. 조각가에게 모델을 구할 수 없다는 건 치명적인 문제였다. 어떤 돌파구가 필요했다.

어느 날 아사쿠라 후미오는 뭔가 결심한 듯 학교와 가까운 우에노 동물원을 찾았다. 동물원에 찾아오는 사람들을 크로키라도 해볼까 하고 찾아간 걸까. 아니, 그는 다만 우리 안을 권태롭게 어슬렁거리는 동물들을 바라볼 뿐이었다. 동물의 두터운 피부 아래 언뜻 내비치는 탄력 있는 근육, 육중한 몸을 지탱하는 굳건한 뼈대를 눈으로 더듬으며 머릿속에 새겼다. 그리고 집으로 돌아와 자신이 보고 기억한 것을 조각으로 빚어냈다. 동물들은 아무 대가 없이 그의 모델이 되어 주었다. 아사쿠라 후미오가 왕성한 창작욕으로 졸업 무렵까지 제작한 작품 수는 무려 1,200여 점에 달했다고 한다.

도쿄미술학교를 수석으로 졸업한 아사쿠라 후미오는 여러 조각상을 휩쓸며 중견 조각가로 입지를 굳혀갔다. 명성이 높아질수록 그에게 초상 조각을 의뢰하는 사람들도 늘어나, 가난했던 살림살이에도 볕이 들었다. 그는 자신의 이름을 딴 아틀리에를 세워 후진을 양성하고 일본식과 서양식이 조화를 이룬 소박한 정원을 가꾸며 소일하는 것을 낙으로 삼았다. 옥상에서 채소를 기르고, 작업실에서는 자신이 사랑하는 고양이를 늘 곁에 두고서. 동물원의 동물들은 멀리서 지켜보기만 할 뿐 만질 수 없는 모델이었지만, 그가 키웠던

고양이는 바라볼 뿐 아니라 언제나 자유롭게 어루만질 수 있는 모델이었다. 사람 곁에 머물면서도 내면에 야생성을 간직한 고양이야말로, 작가에겐 가장 매력적인 모델이 아니었을까?

1964년 아사쿠라 후미오가 작고하자, 그의 이름을 딴 조소학원이자 작업실이었던 아사쿠라 조소관은 유고작을 상설 전시하는 전시관이 되었다. 생전에 아사쿠라 후미오가 정성껏 가꾸었던 정원도 잘 보존되어 있고, 조소관 입구에 놓인 인물 군상은 오귀스트 로댕의 대표작인 「칼레의 시민」처럼 육중한 존재감으로 우뚝 서 있다. 굳이 고양이를 좋아하는 사람이 아니더라도, 근대 조각에 관심이 있다면 한 번쯤 들러볼 만하다.

그러나 아사쿠라 후미오의 대표작으로 손꼽히는 조각들보다 내

마음을 끌었던 건 역시 2층의 고양이 조각들이다. 그가 생명에 대한 경외심을 담아 빚어낸 고양이 조각들은, 마치 살아 있는 고양이가 순간 동작을 멈춘 것처럼 생생한 모습으로 기념관에 남아 있다. 아사쿠라 조소관 문밖에 서서 2층을 올려다보면, 창문 너머로 고양이들이 몸을 동그랗게 도사리고 앉은 모습이 보인다. 청동색 고양이는 오래 전부터 거기 있었던 것처럼 무심한 얼굴만 보여줄 뿐이다. 보일 듯 말 듯, 주의 깊게 보지 않으면 눈에 띄지 않는 모습. 저 조각의 모델도 아사쿠라 후미오가 아꼈던 고양이 중 하나였을 것이다.

네모난 유리창 너머로 지나가는 사람들을 굽어보는 고양이의 눈길은, 마치 더 이상 세상에 없는 주인이 돌아오기만을 하염없이 기다리고 있는 것처럼 보인다. 어쩌면, 저 고양이는 2층 유리창에 비친 풍경이 몇 차례나 바뀌어도 주인이 오지 않는 이유를 생각하며 망부석처럼 굳어버린 것은 아닐까.

'너를 돌봐주던 사람은 여기서 멀지 않은 곳에 잠들었어. 그곳에도 고양이들이 자주 놀러오니 외롭지는 않을거야. 그러니 너도 이제 편히 쉬어도 괜찮아.'

아사쿠라 조소관을 나서며 고양이 조각이 인쇄된 엽서를 산다. 꼬리를 당당하게 세우고 걷는 고양이, 목덜미를 잡혀 네 발을 움츠린 고양이, 옹기종기 모여 앉은 새끼고양이들. 아사쿠라 후미오가 세심하게 빚어냈던 고양이의 기억이, 엽서를 통해 내게로 흘러들어온다.

아사쿠라 조소관 朝倉彫塑館

찾아가는 길
JR 야마노테(山手) 선 닛포리(日暮里) 역 서쪽 출구로 나감(야나카 긴자 방면) → 좌회전 직진(세븐일레븐 방향) → 횡단보도 있는 사거리에서 좌회전 직진(도보 7분)

★ tip!
아쉽게도 2013년 3월까지 수복공사로 휴관한다.
수복공사 중 연락처 03-5828-8731

홈페이지 www.taitocity.net/taito/asakura   **주소** 東京都 台東区 谷中7-18-10
전화 03-3821-4549   **관람시간** 09:30~16:30   **관람료** 성인 400엔

저녁놀 계단의
아이들

재래시장 야나카 긴자의 초입에는 '유야케 단단夕焼けだんだん'이란 이름의 계단이 있다. '저녁놀 점점'이라는 예쁜 뜻을 지닌 이름. 무심코 지나는 사람들에게는 그저 평범한 시멘트 계단에 지나지 않지만, 이곳은 야나카 길고양이들이 모여드는 장소로 유명하다. 야나카의 고양이 카페에서 나눠주는 고양이 영역 지도에도 빠지지 않고 등장할 뿐 아니라, 딱히 머물 곳이 마땅치 않은 길고양이를 위한 임시 거처까지 마련되어 고양이를 불러 모은다. '유야케 단단'이라 부르면 어쩐지 느낌이 와 닿지 않는 것 같아서, 내 맘대로 이곳을 '저녁놀 계단'이라 부르기로 했다.

저녁놀 계단 맨 위 층계에 앉아 오가는 사람들을 바라본다. 비닐봉지를 손목에 달랑달랑 끼우고 걷는 동네 사람과 목에 카메라를 건관광객, 고양이를 귀여운 듯 쓰다듬는 사람과 무심히 지나치는 사람이 서로 엇갈린다. 그 사이로 길고양이 한 마리가 비집고 들어온다. 고양이 키우는 사람들이 '젖소무늬 고양이'라 부르는 까만 얼룩 고

양이다. 콧잔등에도 자장면을 묻힌 것처럼 커다란 얼룩이 있다.

어른들은 발치에 어른거리는 길고양이를 무심히 지나치지만, 아이들은 작고 귀여운 고양이를 그냥 지나치지 못한다. 저녁놀 계단에서 놀던 아이들이 고양이를 발견하고는 "새끼고양이다!" 하고 소리를 지르며 달려든다.

아이들의 품에 한동안 붙들렸다 간신히 풀려난 고양이는 잽싸게 자전거 아래로 숨어든다. 바퀴살이 훤히 비쳐 제 몸 하나 온전히 숨길 수 없는데도, 머리 위를 가려주는 뭔가가 있다는 것만으로 안심이 되는 모양이다. 한동안 멍한 얼굴로 누워 정신을 수습하던 고양이는 동그란 갈색 눈을 들어 나를 바라본다. 뭔가 하고 싶은 말이 있는 눈치다.

그런 고양이를 흘끔흘끔 바라보다가 '자, 이제 진득하니 앉아 야나카 긴자나 찍어볼까' 하고 땅바닥에 엉덩이를 붙였을 때였다. 방금 전까지만 해도 1미터쯤 떨어진 곳에 누워 나를 주시하던 고양이가 몸을 일으키더니, 나를 향해 정면으로 돌진하는 게 아닌가. 내 허벅지에 앞다리를 척 걸치더니, 능숙한 솜씨로 기어올라 책상다리 안으로 쏙 파고든다. 제 딴에는 거기가 요람처럼 편안해 보인 모양이다. 지금껏 장딴지에 꼬리를 탁탁 치며 친한 척하는 고양이는 만난 적이 있지만, 이렇게 적극적으로 들이대는 고양이는 처음이다. 뭘 보고 내 품으로 뛰어든 걸까, 내 손에는 사료도 장난감도 없었는데.

저녁놀 계단 고양이에게서는 길고양이 특유의 긴장감이 잘 느껴지지 않는다. 내게 스스럼없이 다가와 안기는 새끼고양이의 눈에 믿음이 담겨 있다. 자기를 해치지 않을 거라는, 다정하게 안아줄 거라는 믿음, 혹은 먹을 것도 좀 챙겨주겠지 하는 기대. 그 기대에 화답해야겠다 싶어 주머니를 뒤져보지만, 여기까지 오는 동안 생각보다 많은 길고양이를 만난 까닭에 먹일 만한 게 남아 있지 않다. 괜스레 미안한 마음이 들어 등을 다독거리니, 고양이가 '허벅지 요람' 속에 폭 싸여 나를 올려다본다.

　고양이와 서로 눈을 마주 보노라면 묘한 기분이 든다. 저 눈동자에 내가 담겨 있고, 내 눈동자에는 저 고양이가 담겨 있다는 게 생각해보면 경이로운 일이다. 기껏해야 조그만 유리구슬만 한 크기의 동그란 눈동자에 온 세계가 담긴다는 것도, 두 눈이 마주보는 순간 그 세계가 이어진다는 것도. 그러나 서로가 서로를 마주 보지 않으면, 그 경이로운 순간은 순식간에 지나가버린다. 고양이를 만나면 가능한 한 몸을 낮추고 눈을 맞추려는 것도 그런 까닭에서다.

　어느 동네에서든 길고양이와 놀고 있으면 참견하기 좋아하는 동

네 어른들이 뭐라 뭐라 핀잔을 건네곤 했는데, 야나카에서는 아무도 눈길 주는 사람이 없다. 길고양이를 찍는 게 일상적인 풍경이라 그런지, 타인의 일에 간섭하지 않고 지나가는 게 예의라고 생각해서인지.

그러나 아이들은 어른들의 의례적인 예의에서 자유롭다. 오빠와 엄마를 따라 저녁놀 계단을 내려가던 아이가, 계단을 내려가다 기어이 갓길로 올라서서 나를 돌아본다. 앞서 걷던 엄마가 "빨리 와!" 하고 나무라며 미간을 찌푸려도 딴청이다. 아이는 계단을 어슬렁어슬렁 걸어 가로지르는 꼬리 짧은 길고양이와, 그 모습을 찍는 나를 한번 올려다보고는 장난스런 웃음을 짓는다. 신기한 듯 오래오래 뒤돌아보던 아이의 표정이 "고양이 찍는 거 재밌어요?" 하고 묻는 것 같다.

엄마의 성화에 못 이겨 몸을 돌린 아이는 계단을 마다하고 끝까지 갓길로 걸어 내려간다. 왜 어린아이들은 정해진 길을 벗어나는 걸 더 재미있어할까? 왜 어른들이 시키는 길이 아닌 다른 길로 가고 싶어할까? 하지만 그것도 한때뿐이라는 걸 안다. 언젠가는 억지로 시켜도, 아이 스스로 다른 길로 가지 않을 때가 올 것이다. 남들과 똑같은 길을 똑같은 방법으로 걸어야만 삶이 덜 고달프다는 걸 깨달은 뒤에는. 저 아이에겐 그 깨달음이 아프거나 슬프지 않기를.

+

저녁놀 계단의 풍경을 마음에 담고 돌아왔다가 1년 만에 다시 그곳을 찾았다. 작년까지만 해도 터파기 공사 중이라 안전 차단막을 쳐 두었던 자리에 높다란 건물이 들어섰다. 풍성한 햇빛이 사라진 저녁놀 계단에는 길고양이의 모습도 뜸해졌다. 개발의 여파가 이곳까지 미친 탓이다. 불과 1년 만에 고양이 마을의 정취가 사라져가는 현장을 마주하니 서운한 마음이 앞선다.

대도시 도쿄의 모습이 날로 변하는 건 피할 수 없는 일이다. 앞으로 야나카에서도 길고양이의 쉼터는 점점 줄어들 것이다. 오래된 동네와 길고양이의 운명은 그렇게 닮았다. 길고양이가 숨어들 빈틈이 사라진 동네는, 사람에게도 어지간해선 틈을 내 주지 않는다. 사람들이 작고 오래된 집을 허물고 높은 빌딩을 세우기 시작할 때, 사라지는 건 길고양이의 은신처뿐만이 아니다.

엄마 마음

야나카의 저녁놀 계단으로 내려가는 길의 초입에 있는 주점 앞에서 어린 길고양이가 놀고 있다. 고양이는 끈을 물어뜯으며 노는 데 정신이 팔려 몰랐겠지만, 사실 고양이 뒤에는 여자아이 하나가 '저 녀석을 구경만 할까, 한번 안아볼까' 하며 고민에 빠져 있다.

곱게 차려입은 원피스와 가방에 혹시 먼지라도 묻을까 걱정하는 걸까. 어쩌면 길에서 동물 따위를 함부로 만지지 말라는 엄마의 말을 떠올렸는지도 모른다.

아이는 한동안 망설이다 결심한 듯 고양이를 번쩍 들어 안는다. 누구를 안아주기보다 누군가의 품에 안기는 일에 더 익숙했을 아이는, 고양이를 안는 자세가 영 서투르다. 그렇게 어설픈 자세로 안고 있으려니, 버둥대는 고양이는 엉덩이가 아래로 쑥 빠질 것처럼 자세가 불안하다. 계속 몸을 뒤채며 아래로 뛰어내릴 틈만 노리고 있는 고양이의 폼을 보면, 아마도 저 자세로 오래 안고 있진 못할 것 같다.

그래도 아이의 얼굴에는 의기양양한 미소가 감돈다. 해냈다는 뿌듯함 때문일까. 아이가 눈을 지그시 감고 고양이를 감싸 안는다. 그 속에 엄마 마음이 있다. 작고 여린 것을 소중히 여기는 마음. 생명의 경이로움을 아는 사람이라면 그는 엄마다. 나이가 어리거나 많거나, 남자거나 여자거나 관계없이.
나는 오늘 길에서 어린 엄마를 만났다.

'나만의 고양이 인형'을 빚는
야나카도

여행자의 아이러니는, 일상을 떠나온 곳에서 다시 일상을 꿈꾼다
는 점에 있다. 빠듯한 일정에 쫓기는 여행자는 현지인의 여유로운
모습을 부러워하며 '머무는 여행'을 갈망한다. 그러나 여행이 길어
질수록, 빛나 보이던 그곳의 일상도 자신이 떠나온 삶과 다를 바 없
다는 것을 깨닫게 된다. 그러니 여행자가 행복할 수 있는 임계점은,
여행이 진짜 일상으로 변하기 직전까지다.

낭만적 일상에 대한 허상을 경계하면서도, 야나카에서 한 달만
머물 수 있기를 바랐다. 수공예 인형점 야나카도谷中堂에서 스밀라와
꼭 닮은 마네키네코招き猫 인형을 주문하고 싶어서다. 야나카도에서
는 주문한 시점부터 완성까지 한 달이 걸리는, 세상에서 하나뿐인
고양이 인형을 만들어 준다. 기본 틀은 한쪽 발을 들거나 두 손을
모은 복고양이 모습이지만, 털 빛깔이나 무늬, 눈동자의 색깔 같은
구체적인 생김새는 주문자가 의뢰한 모양 그대로 만들어 준다고 한
다. 세상에서 하나뿐인 나만의 복고양이 인형이 만들어지는 셈이

다. 그런 선물이라면 여행지에서 구할 수 있는 가장 귀한 기념품이
라 생각했다. 함께 사는 고양이 스밀라의 생일을 기념하는 선물로
그걸 꼭 하나 갖고 싶었다.

　스밀라에게는 생일이 없다. 태어난 날이야 있겠지만 그날이 언제
인지는 알 길이 없다. 2006년 여름, 길에서 구조되어 임시로 우리
집에 머물다 어영부영 함께 살게 된 탓이다. 다만 동물병원에서 스
밀라의 이빨 상태를 보고 추정해준 것처럼, 처음 만났을 무렵에 두
살쯤이지 않았을까 짐작할 따름이다. 길고양이를 입양한 사람들이
대개 그렇듯, 나도 스밀라가 집에 온 날을 생일로 삼았다. 입양 1주
년 기념일은 블로그에 짧은 자축의 글을 쓰는 것으로 얼렁뚱땅 넘
겼지만, 입양 2주년 기념일에는 스밀라가 내 곁에 와준 날을 기억

할 만한 특별한 선물을 준비하고 싶었다.

　하지만 완성되기까지 한 달이라는 시간이 필요한 고양이 인형은, 잠시 머물다 떠나야 할 여행자로서는 도저히 가질 수 없는 물건이다. 이럴 때면 부질없이 장기 여행을 꿈꾼다. 만약 이곳에 마음 내키는 대로 머무를 수 있다면, 딱 한 달만 야나카 주민이 되고 싶다. 제일 먼저 야나카도에 스밀라의 사진을 가져가 마네키네코 인형을 만들어 달라고 부탁하고, 인형이 만들어지는 기간 동안 야나카의 구석구석을 돌며 동네 길고양이의 모습을 기록하고 싶다. 여행자의 눈으로 돌아보는 한낮의 야나카뿐 아니라, 새벽 어스름이 채 가시지 않은 야나카, 깊은 밤의 야나카, 저녁놀 계단에서 내려다보는 야나카의 노을까지 모두 마음속에 담아올 수 있기를 바랐다.

그러나 돌아갈 시간이 이미 정해진 짧은 여행에서 이런 생각은 상상으로 끝날 뿐이다. 아쉬운 대로 눈앞에 놓인 마네키네코 인형을 하나씩 천천히 눈으로 훑는다. 마음에 와 닿는 인형이 있다면, 오늘 야나카도에 들른 김에 데려가리라 마음먹는다. 내가 원했던 건 주문 제작 마네키네코 인형이었지만, 가게를 돌아보니 고양이 인형뿐 아니라 고양이 모양의 벽걸이 시계, 부재중 알림판 등 나만의 기념품으로 주문할 수 있는 품목이 몇 가지 더 있다. 그리고 그 아래엔 모델이 된 고양이의 사진이 붙어 있다. 고양이의 얼룩무늬 하나하나까지 닮게 만들려고 애쓴 흔적이 보인다.

흔히 마네키네코 하면 손님을 부르거나 돈을 긁어모은다는 흰색 마네키네코를 떠올리지만, 작은 기념품 하나에도 이야기를 만들어내기 좋아하는 일본인들은 여러 가지 변종 마네키네코를 파생시켰다. 마네키네코가 오른손을 흔들면 돈을 모으고 왼손을 흔들면 손님을 부른다고 하는데, 여기에 색깔이라는 변수가 추가되면 제작 가능한 마네키네코의 조합이 더 다양해진다. 즉 고양이의 색깔에 따라 이뤄주는 소망을 달리 설정함으로써 더 많은 수요를 창출해내는 것이다.

야나카도를 찾는 사람들은 저마다 자신에게 가장 절실한 행운을 찾아 반쯤은 진지하게, 반쯤은 재미 삼아 마네키네코를 구입해 간다. 보통은 복을 불러주는 흰 고양이를 사지만, 마네키네코 중에서 가장 큰 마력을 지녀 액운과 병을 쫓아준다는 검은 고양이도 인기가 있다. 금전운을 불러온다는 황금 고양이도 보편적으로 인기 있는 마네키네코다.

색깔 외에도 디자인을 달리해 소원을 비는 목적을 구체적으로 명시한 인형도 인기가 있다. 특히 입시철이 다가오면 합격을 기원하는 '합격 고양이'가 불티나게 팔린다고 한다. 언뜻 보기엔 다 비슷해 보이지만, 손으로 일일이 그려 넣은 얼굴이라서 표정이 하나하나 다르다. 손맛이 살아 있는 수제 인형만의 매력이다.

저마다 다른 행운을 간직한 채 간택을 기다리는 마네키네코를 보고 있으면, 사람들이 추구하는 행운이란 각자 살아가는 방식만큼이나 다양하구나 싶다. 지금 내게 필요한 건 어떤 행운일까. 잠깐 고민하다가 검은 고양이와 흰 고양이 마네키네코 한 쌍을 산다. '야나카의 고양이들을 많이 만나게 해 주세요' 하고 기원하면서.

고양이 만나러 가는 길 05

야나카도 谷中堂

찾아가는 길

아사쿠라 조소관(朝倉彫塑館)을 지나 쭉 직진→인도가 끝나고 차도가 나옴, 오른편에 중화요리점(中華料理 珎夕亭)이 보임→좌회전 후 JOMO주유소를 지나 계속 직진→SCAI THE BATHHOUSE 관람→토자이 메구린 7번 정류소에서 승차→8번 정류소 하차, 길 건너 13번 정류소 쪽으로 약간 올라가다 보면 야나카도.

★ tip!

근처 갤러리 SCAI THE BATHHOUSE도 함께 보면 좋다. www.scaithebathhouse.com

홈페이지 www.yanakado.com   **주소** 東京都 台東区 谷中5丁目 4-3   **전화** 03-3822-2297
영업시간 10:30~17:30   **휴업일** 월·화요일

인간과 고양이, 공존의 약속

야나카도를 나와 골목을 기웃거리며 야나카 긴자 쪽으로 향하다 고양이 한 쌍과 마주친다. 아까 가게에서 산 마네키네코와 꼭 닮은, 검은 고양이와 흰 고양이 커플이다. 그 짧은 시간에 마네키네코가 신통력을 발휘한 걸까.

검은 고양이랑 흰 고양이를 따로 만났으면 큰 감흥이 없었었지만, 이렇게 검고 흰 고양이가 함께 다니는 경우는 흔치 않아 마음이 끌렸다. 뽀얗고 털 결도 고운 흰 고양이와 달리, 검은 고양이는 피부병에 걸렸는지 눈두덩 근처 털이 듬성듬

성 빠졌고 호박색 눈빛만 형형하다.

두 고양이의 귀에는 펀치로 뚫은 것 같
은 모양의 조그만 표식이 있다. 이러한
귀 표식은 야나카 고양이가 TNR 프로
그램(포획→중성화 수술→원 서식지
방사 후 관리로 이어지는 길고양이 개
체 감소 방법)으로 관리되고 있음을 보
여준다.

중성화 귀 표식은 지역마다 조금 달라
서 V자형 표식을 남기거나 일자형으로
귀 끝을 조금 잘라내기도 하고, 피어싱
을 하듯 인식표를 달아주는 곳도 있는
데, 야나카 지역에서는 이런 표식을 쓰
는 것 같다. 어쨌든 중성화된 길고양이
가 있는 것으로 보아, 이 근처에 길고양
이를 돌보는 사람들이 있음을 알 수 있

다. 실제로 처음 고양이를 만난 장소로
부터 그리 멀지 않은 사찰에서 길고양
이를 위해 뿌려둔 사료를 볼 수 있었다.

한참이나 맛있게 사료를 먹던 고양이
들은, 제 영역을 침입한 낯선 얼굴을 발
견하고는 잰걸음으로 달아난다. 길고

양이의 경계심은 대개 경험에서 나온다. 고양이가 살기 좋은 곳으로 알려진 야
나카지만 '고양이 천국'의 면모만 존재하지는 않을 것이다. 어디나 고양이를
좋아하는 사람, 싫어하는 사람, 무관심한 사람이 함께 살아가기 마련이니까.

비교적 고양이에게 호의적인 일본에서도 길고양이를 둘러싼 주민들의 갈등은
존재한다. 그래서 도쿄에서는 2001년부터 2003년까지 '주인 없는 고양이와의

공생모델 플랜'이라는 길고양이 대책을 시범 실시한 바 있다. "고양이도 생명이 있다는 생각으로, 지역 거주 구성원의 합의 하에, 지역에서 고양이를 적절하게 관리하면서 공생해 나가는 것"이 공생모델 플랜의 대원칙이다. 이미 태어난 길고양이의 생명은 보장하되, 더 이상 개체 수가 늘지 않도록 중성화 수술을 실시하는 것이 그 방법이다. 중성화 수술을 받은 고양이가 늘면 발정기 울음소리는 줄어들므로 소음과 관련한 민원이 감소하고, 수컷들의 영역 표시 행동도 완화된다. 또한 먹이는 정기적으로 일정한 장소에 줌으로써 쓰레기통을 뒤지지 않게 하고, 길고양이 배설물이 발견되는 즉시 치우는 등의 방법으로 고양이를 싫어하는 주민들과의 갈등 요소를 줄여나갔다. 이렇게 중성화 수술 후 지역 자원봉사자들이 관찰하는 고양이는 '지역고양이(地域猫)'로 불리며 체계적으로 관리된다.

도쿄도 20개 장소에서 이와 같은 길고양이 대책을 시범 실시한 경험을 토대로 2004년 '동물애호 추진 종합 기본 계획'이 수립되었고, 2005년에는 『주인 없는 고양이와의 공생을 위한 도시 가이드북』이 제작되었다. 이 가이드북에서 인상 깊었던 건, 고양이의 생명 보호도 비중 있게 서술하지만 고양이를 싫어하는 사람들의 입장도 다독거리며 이야기를 풀어나간다는 점이었다. "고양이를 싫어하는 마음 충분히 이해한다, 그러나 고양이도 생명이니 함께 살 수 있도록 노력해보자, 중성화 수술도 대안이 된다"고 설득하는 것이다. 실제로 지역에서 길고양이 문제를 해결하는 데 자원봉사자의 활동만 필요한 것은 아니다. 자원봉사자가 아무리 노력한다 해도 고양이를 싫어하는 사람들과 대립이 반복될 때, 길고양이 대책은 성공하기 어렵다. 그러니 길고양이를 싫어하는 사람들을 비난하기보다, 중성화 수술을 통한 관리의 이점을 설명하고 동의를 구하는 것이 더 시급한 일인지도 모른다.

길고양이 대책을 시행해온 도쿄도 복지보건부에서는 집 밖에서 살아가는 고양이의 평균 수명을 4년으로 보고 있다. 그렇기에 꾸준히 길고양이 대책을 실시할 경우, 1세대 길고양이의 수명이 다하면 개체 수도 안정적인 숫자를 유지하게 되리라고 보는 것이다. 이 모든 과정은 살처분으로 고양이를 없애는 방법보다 시간이 걸리지만, 적어도 고양이의 생명을 해치지 않으면서 지역 주민 간의 갈등을 줄이고, 불편도 점진적으로 줄여준다는 점에서 고무적이다. 보이지 않는 곳에서 길고양이의 생명을 지키려 애쓰는 고양이 아줌마와 아저씨가 있기에, 야나카 길고양이의 삶도 조금은 덜 고달프지 않을까 짐작해본다.

고양이 이마 닮은
예술가의 아지트

　고양이 예술가만을 위한 갤러리가 있다면? 야나카의 갤러리 네코
마치가 바로 그런 곳이다. 미리 출력해 간 지도상으로는 카페 란포
에서 그리 멀지 않은 곳에 있었지만, 지표가 될 만한 큰 건물이 거의
없고 일반 주택만 있는 게 불안했다. 경험을 돌이켜보면 엇비슷한
가정집이 다닥다닥 붙어 있는 경우 대부분 길 찾기가 까다로웠다.
주택가 한가운데 꼭꼭 숨은 갤러리를 찾는 데는, 지도보다 차라리
전봇대 안내 표지판이 더 도움이 됐다. 갤러리 측에서도 어지간해선
위치를 찾기 힘들다는 걸 아는 모양인지, 잘 보이는 전봇대에 '○○
방향으로 ××미터' 식의 안내를 붙여 놓았다. 이 표지판은 길을 잃
어버릴 만하면 선심 쓰듯 하나씩 나타나곤 했다.

　갤러리는 일부러 몸을 감추기라도 한 것처럼 주택가 깊숙이 도사
리고 있다. 길게 드리운 보라색 현수막을 따라 돌계단 위로 올라가,
왼쪽으로 90도 고개를 꺾어야만 정원 딸린 갤러리 입구가 눈에 보일
정도다. 영민해 보이는 검은 고양이를 저부조로 새긴 간판에는 "누

구라도 자유롭게 들어오세요"라는 안내문이 적혀 있다. 그 글귀가,
닫힌 대문 앞에서 망설이는 사람들을 갤러리 안으로 불러들인다.

갤러리 실내는 1·2층으로 나뉘어 있어 전시도 하고 고양이 엽서
와 사진집, 고양이 소품도 판매하지만, 규모는 생각보다 작았다.
일본에서 무척 좁은 장소를 가리킬 때 관용적으로 쓰는 표현 중에
'고양이 이마猫の額'란 말이 있는데, 이 갤러리도 그렇게 고양이 이
마처럼 소담한 규모로 운영되고 있다. 도톰하게 주름진 고양이 이
마는 쿠션처럼 폭신폭신해서 가만히 어루만지면 포근한 느낌이 드
는데, 그래서인지 '고양이 이마처럼 좁다'라고 말할 때 내 머릿속
에는 그저 좁기만 한 곳이 아니라 털방석처럼 따스한 느낌도 함께
떠오른다.

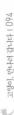

'묘적생활미술猫的生活美術'을 표방하는 갤러리
네코마치의 전시는 고양이 그림과 공예품, 고양이 사진 등 여러 분
야를 아우르는데, 대중적인 경향이 주류를 이룬다. 갤러리 입구에
는 전시 홍보 엽서가 비치되어 있어, 갤러리를 거쳐 간 작가들의 작
품을 한눈에 보여주는 약식 포트폴리오 역할을 한다. 작가는 엽서
한 장으로 작품을 홍보할 수 있어서 좋고, 방문객은 관람을 마치고
돌아가면서 고양이 갤러리를 추억할 기념품 하나를 갖게 되니 이것
도 괜찮은 홍보 방법이지 싶다.

고양이 작가들의 구심점 역할을 해온 갤러리 네코마치는 전시
공간 외에 온라인 아트숍 '네코마치 긴자猫町銀座, http://necomachi-
ginza.ocnk.net' 운영도 병행하고 있다. 이곳에서는 갤러리 네코마치에

 서 전시했던 고양이 작가의 작품을 홈페이지 링크와 함께 소개한다. 세상에서 하나뿐인 오리지널 작품부터 엽서나 달력 같은 저렴한 소품까지 고양이 테마 소품을 구입할 수도 있고, 링크된 사이트를 넘나들며 새로운 고양이 작가들도 만날 수 있다. 규모는 작지만 '고양이다운 예술'에 특화된 전시 공간으로 자리를 굳혀나간 갤러리 네코마치는, 야나카로 모여든 고양이 예술가들의 든든한 후원자가 되고 있다.

갤러리 네코마치와 더불어 둘러보면 좋을 고양이 문화공간으로 네코마치카페29猫町カフェ29가 있다. 고양이 중심 공간임을 어디서든

알아볼 수 있도록 지붕에 설치한 카페의 랜드마크는 꼬리를 당당히 세우고 걷는 흰 고양이 가족. 언뜻 보기엔 살아 있는 고양이 같지만, 실은 고양이의 행동을 자세히 관찰하고 조각으로 빚어낸 것이다. 가게 입구에 마련된 파라솔 테이블 앞 의자에도 '언제나 옳다'는 노랑둥이 고양이의 조각이 흡족한 표정으

로 실눈을 뜨고 손님을 반긴다.

카페 문을 열고 들어서면 검은 고양이 후우フウ가 눈을 동그랗게 뜨고 붙임성 있게 아는 척을 한다. 낮에는 카페, 밤에는 구마모토熊本 식 요리점으로 변신하는 이곳은 갤러리 네코마치보다 더 좁지만, 고양이 그림 전시나 고양이와 관련된 책의 출판 기념회 등 이벤트 장소로 종종 활용되고 있다. 고양이를 그리는 일러스트레이터가 자신의 그림이 담긴 고양이 달력을 선착순 증정하는 이벤트를 열거나, 고양이 사진작가가 모델 고양이와 함께 사인회를 열기도 한다고.

카페를 찾아온 손님들은 이곳의 명물 간식인 '고양이 발바닥 찹쌀떡'을 먹으면서 고양이 사진집이나 공예품을 감상하고 구입해간다. 단순히 전시만 하거나 음식만 파는 공간이 아니라, 고양이를 좋아하는 사람들이 자기들만의 문화를 즐길 수 있게끔 응원해주는 편안한 공간이어서 마음에 들었다.

　갤러리 네코마치나 네코마치카페29의 사례에서 볼 수 있듯, 고양이 작가를 위한 아지트는 굳이 화려하고 번듯한 시설이 아니어도 좋을 것 같다. 제 몸에 꼭 맞는 빈 상자 하나만 있어도 고양이가 더없이 행복해하는 것처럼, 규모는 문제가 되지 않을 테니까. 그곳은 딱 고양이 이마만 한 곳이어도 괜찮다. 마음 맞는 고양이 이웃들과 함께할 수만 있다면.

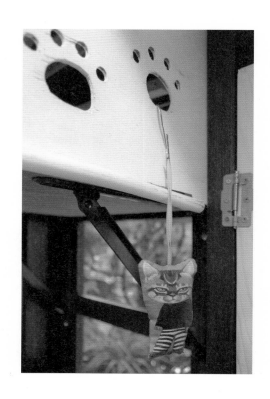

갤러리 네코마치ギャラリー猫町

찾아가는 길

카페 란포와 이세타츠 사이 골목길로 직진→갈림길이 나오면 오르막길 쪽으로 좌회전(정면 전봇대에 갤러리 안내 표지판이 있음)→조금 올라가면 캐릭터가 그려진 유치원(桜幼稚園)건물이 나옴→유치원을 등지고 서면 보이는 맞은편 골목길로 직진→조금 걷다 보면, 왼편에 담쟁이덩굴이 무성한 돌계단이 보임→계단을 올라가 왼쪽으로 정원과 갤러리 대문이 보임(카페 란포에서 도보 5분)

홈페이지 http://www.necomachi.com **주소** 東京都 台東区 谷中2-6-24
전화 03-5815-2293 **영업시간** 11:00~18:00 **휴업일** 월~수요일

네코마치카페29猫町カフェ29

찾아가는 길

갤러리 네코마치에서 다시 유치원 쪽으로 돌아 나옴→오르막길 끝까지 직진→갈림길에서 우회전→첫 번째 나오는 오른쪽 골목은 무시하고 직진→두 번째 나오는 오른쪽 큰길(완만한 내리막길)로 직진→30미터쯤 내려가 길 왼편에 고양이 조각이 있는 초록지붕 가게(갤러리 네코마치에서 도보 5분)

★ t i p !
예약자에 한해 저녁 6시부터 밤 10시까지 야간 요리점을 운영한다.

홈페이지 http://cafe29.blog98.fc2.com
주소 東京都 台東区 谷中2-1-22 **전화** 03-3827-3329
영업시간 수~일요일 12:00~17:00
휴업일 월 · 화요일, 경축일 다음 날

고양이
인력거를 끄는 여자

그 인력거에는 고양이가 타고 있었다. 손님이 데려온 고양이는
아니었다. 검은 드레스를 맞춰 입은 두 손님의 무릎에 얌전히 앉은
고양이의 이름은 미ミ–, 평소에는 미짱이라는 애칭으로 불린다. 닛
포리 역 쪽 대로변에 상주하는 고양이 인력거의 전담 안내원으로,
황토색 줄무늬에 카오스 무늬가 흐릿하게 덮인 오묘한 색의 털코트
를 입고 있는 고양이다.

고양이 인력거라고는 해도 고양이가 직접 인력거를 끌며 달리는
건 아니고, 고양이를 무릎에 앉히고 야나카의 명소를 돌아보는 관
광 상품이다. 인력거 탑승료는 10분당 1,000엔으로 보통 30분, 60
분, 90분 단위로 정해진 코스를 관광한다. 하지만 기존 관광 코스
외에 다른 방식으로 마을을 구경하고 싶다면 인력거꾼과 상의해서
원하는 장소를 둘러볼 수도 있다. 예를 들면 길고양이 출몰 장소로
유명한 곳을 가본다거나, 고양이 물품을 파는 전문 숍을 둘러보는
식의 맞춤 관광도 가능한 것이다.

야나카의 명물인 고양이 인력거를
타보고 싶었지만 하루 숙박비와 맞먹
는 돈을 선뜻 투자할 엄두가 나지 않아
망설이는데, 마침 야나카 주변을 한 바
퀴 돌고 들어오는 고양이 인력거와 마
주쳤다. 질끈 묶은 말총머리를 달랑달

랑 흔들며 잰걸음으로 뛰어오는 사람은 이 바닥에서 흔치 않은 여
자 인력거꾼 곤도 씨다. 30대 후반쯤 됐을까, 달리기로 단련된 호리
호리한 몸매와 강단진 얼굴, 서글서글한 웃음이 인상 깊다.

인력거를 세운 곤도 씨가 손님들이 내리기 좋도록 끌채를 아래로
잡아당긴다. 손님들은 흐뭇하게 웃으며 품안의 고양이를 내려다본
다. 아직 내리고 싶지 않은 눈치다. 집에서 키우는 고양이도 성깔
있는 녀석은 얌전히 안겨 있는 경우가 드문데, 낯선 손님들 앞에서
도 긴장하는 법 없이 '무릎고양이' 자세를 유지하는 미짱이 귀여워
서 그런 듯하다. 손님들은 인력거에서 내려서도 아쉬움이 남는지
발걸음을 떼지 못하고 미짱을 연거푸 쓰다듬는다. 미짱은 그 손길
을 가만히 받고 있다. 관광은 끝났지만 이 정도 서비스는 해줄 수
있다는 듯이 의연한 얼굴을 하고서.

고양이 안내원으로 일하는 미짱도 원래 길고양이였다고 한다.
상처를 입고 닛포리 역 근처 길가에 버려진 새끼고양이 미짱은, 곤
도 씨에게 발견되어 치료를 받고 겨우 목숨을 건졌다. 상처가 다
나으면 수양부모를 찾아줄 생각이었지만, 새끼고양이의 매력을 거

부하기란 힘든 일이다. 게다가 병간호에 양육까지 맡아 가며 정든 고양이라면 더더욱. 곤도 씨도 그렇게 미짱과 함께 살게 됐다. 미짱이 곤도 씨를 따라 출근하는 건 일주일에 두 번 정도라는데, 아무 생각 없이 닛포리 역을 향해 걷다가 미짱을 만났으니 운이 좋았던 셈이다.

손님이 없는 시간, 미짱은 동그랗게 몸을 웅크리고 거리 구경을 한다. 고양이는 인력거에서 손님을 기다리면서 무슨 생각을 할까. 낯선 환경, 낯선 사람들의 손길에 스트레스를 받을까, 아니면 빈집에서 하루 종일 무료하게 지내는 대신 바깥 구경을 할 수 있어 행복할까. 고양이와 3년을 함께 살았어도 "밥 줘" 내지는 "문 열어줘" 정도만 겨우 이해하는 나의 고양이어 통역 실력으로는 미짱의 마음을 읽을 수 없었다. 하지만 버려진 고양이를 거둬 기르는 곤도 씨라면, 단순히 돈벌이 수단으로 고양이를 내돌리진 않을 것 같았다. 그 믿음에 대한 확신은, 1년 뒤에 다시 들른 야나카에서 얻을 수 있었다.

+

여행지에서의 시간은 돈이라고들 한다. 새로운 것을 보아도 모자랄 판에, 이미 갔던 곳에 다시 가는 건 시간이 아깝지 않느냐고들 한다. 그러나 여행을 마치고 돌아왔을 때 그리워지는 건 행복한 고양이가 사는 동네다. 1년 전에 한 바퀴 순례를 마친 야나카를 굳이 다시 찾아간 것은 그래서였다.

술을 마실 것도 아니면서 굳이 야나카 긴자 초입의 주점을 찾은 건, 길고양이 무리가 자주 나타나는 장소이기 때문이다. 아직 시간이 일러 주점 문은 닫혀 있었지만, 1년 전 고양이를 만났던 자리에 처음 보는 새끼고양이가 묶여 있었다. 덩치 큰 주점 주인이 끈으로 고양이와 함께 놀아주던 모습이 아직 눈에 아른아른한데, 기어이 고양이를 들인 모양이다. 1년 전에 만난 고양이와 닮았지만, 그보다는 좀 더 어리다. 오른쪽 눈에 문제가 있는지, 동공 한가운데가 우유를 한 방울 떨어뜨려놓은 듯 탁한 진주 색이다.

옛 생각을 떠올리며 고양이를 바라보는데, 누군가 다가와 고양이에게 장난을 건다. 모르는 사람인데 어째서 낯이 익을까, 의아해하며 가만

히 보니 1년 전 고양이 인력거를 끌던 곤도 씨다. 찰랑찰랑 흔들리던 말총머리는 동그랗게 틀어 올렸지만, 푸른 잉어무늬가 잔잔하게 그려진 회색 셔츠도, 딱 달라붙는 검은색 바지도 그때 그 모습 그대로였다. 같은 장소, 같은 사람, 장난기 어린 고양이까지, 시간이 거꾸로 흘러 1년 전으로 돌아간 것만 같다.

어린 고양이는 곤도 씨의 손을 앞발로 꼭 붙들고 아작아작 깨문다. 아프지 않게, 친근함을 담아서. 곤도 씨도 놀아달라고 떼를 쓰는 고양이를 내려다보며 한참이나 손을 맡긴다.

작고 여린 고양이 한 마리가 지닌 생명의 무게는 눈에 보이는 것 이상으로 묵직하다. 그 무게감을 느껴 본 사람은 고양이를 함부로 대할 수 없다. 유독 길고양이가 많은 야나카에서 인력거를 끌며 길고양이의 생로병사를 지켜봐왔을 곤도 씨가 느끼는 생명의 무게 역시, 그가 끄는 인력거보다 더 무거울 것이다.

그는 다른 볼거리를 제쳐두고 고양이 앞에 서 있는 나를 이상하게 여기지 않는다. 나 역시, 밥벌이에 바빠 지쳤을 그가 짬을 내어 고양이와 놀아주는 이유를 이해한다. 그래서 우린 고양이를 보며 함께 웃을 수 있다. 같은 대상을 좋아하니까, 그 마음에 공감하니까, 그와 나는 고양이 이웃이 된다. 여행지에서 드물게 경험하는 그 공감의 매력 때문에, 언젠가 나는 야나카로 다시 찾아와 '고양이 마을'의 친숙함을 즐길 것 같다.

나의
고양이 명소 답사기

여행이 끝나 돌아오면 기억에 남는 건, 고양이를 만났던 나만의 여행지다. 도쿄와 오사카
일대의 관광명소에서 조금만 눈을 돌리면, 한달음에 가볼 수 있는 고양이 명소들이 있다.
환상 속 고양이 캐릭터를 만나는 테마파크, 고양이 예술가의 혼이 담긴 아담한 미술관, 고
양이 역장이 근무하는 시골 무인역까지, 가슴 설레는 고양이 명소를 찾아가는 여행.

수집가의 종착역
요코하마 고양이 미술관

무언가를 사랑하는 사람은 수집가가 된다. 손에 잡히지 않는 기억도, 누군가에겐 무용지물에 불과할 물건도, 수집가의 섬세한 눈에 포착되는 순간 세상에서 하나뿐인 보물로 변한다. 수집가가 모으는 것은 물건만이 아니다. 그의 손이 어떤 물건을 집어들 때면 거기 얽힌 추억도 함께 따라온다. 그렇게 모은 추억의 부피가 감당할 수 없을 만큼 커져갈 때, 수집가는 자신만의 박물관을 꿈꾼다.

베릭 홀ベーリックホール과 에리스만 저택エリスマン邸 사이 한적한 골목길에 위치한 요코하마横浜 고양이 미술관猫の美術館은, 그런 수집가의 꿈이 담긴 곳이다. 나이 지긋한 할아버지 관장님이 계신 이곳은, 고양이를 테마로 한 그림과 공예품을 비롯한 여러 가지 수집품이 전시된 사설 미술관이다. 화요일부터 금요일 사이에는 문을 닫는 까닭에, 짧은 여정 중에는 찾아갈 시간을 내기가 그리 쉽지 않지만, 그럼에도 불구하고 온갖 고양이 수집품으로 가득 찬 미술관은 고양이를 좋아하는 사람들을 불러 모은다.

　고양이 미술관을 접하기 전까지, 내 머릿속에 각인된 미술관의
이미지는 6면을 매끈하게 깎은 거대한 각설탕 같은 모습이었다. 흔
히 '화이트 큐브'라 불리는 하얗고 싸늘한 방. 하지만 고양이 미술
관은 그런 화이트 큐브의 이미지와는 거리가 멀다. 규모도 어찌나
작은지 모든 수집품이 방 하나에 다 들어가는 원룸 미술관 같다. 그
러니 여느 국공립 미술관이나 상업화랑 같은 세련된 분위기를
상상하며 이곳을 찾는다면 실망할지도 모른다. 미술관다운
분류 · 체계 따위와는 관계없는 곳이니 말이다.
　관장님은 ㄷ자 형으로 꺾어지는 방의 한쪽 모서리에 안내
데스크 겸 관장석 삼아 책상을 놓고 관람객을 맞이하고 있
다. 나보다 먼저 들어와 실내를 둘러보던 엄마와 아이가 미
술관을 나가고 나니, 이젠 나와 관장님 둘만 남았다. 공간이

좁아서 어디에 서 있더라도 관장님의 시선과 마주치게 될 상황이다. 가게에 물건을 사러 가서도 직원들이 살갑게 말을 붙여 오면 부담스럽기만 한지라 그런 분위기가 썩 달갑지 않았다. 그런데 슬그머니 관장님 있는 자리를 돌아보니 그새 꾸벅꾸벅 졸고 계신 게 아닌가. 그런 무심함이 차라리 내게는 마음 편했다. 덕분에 고양이 미술관을 혼자서 여유롭게 돌아볼 수 있었다.

한쪽 벽면을 가득 채운 고양이 그림 말고도 고양이 모양 장신구와 인형, 고양이 우표에 쓰였던 원화, 일본 드라마에 협찬되었던 고양이 도자기까지, 좁은 공간에 온갖 전시품이 빼곡하게 들어찬 고양이 미술관은 꼭 만물상 같다. 고양이 만화 『왓츠 마이클』로 유명한 고바야시 마코토의 사인과 고양이 마이클의 초상화, 심지어 고양이 구체관절인형까지 있다. 한편에는 고양이와 아무 관계없는 앤티크 인형으로 가득 찬 진열장까지 있는지라, 이 관장님의 관심사는 과연 어디까지 뻗어 있는지 궁금해질 지경이다.

'소장품이 서로 간섭받지 않게 넉넉히 여백을 두고, 작은 공예품은 따로 진열장을 만들어 전시하면 지금보다 훨씬 더 정돈된 느낌이 들 텐데…….'

그렇게 아쉬운 마음이 들다가도, 할아버지 관장님에겐 이런 식의 운영이 최선이었을 거라는 생각이 든다. 번듯한 건물을 짓고, 관리자를 고용하고, 제대로 체계를 갖춰 미술관을 운영하려면 더 넓은 공간과 더

큰돈이 필요할 테고, 그러자면 고양이 미술관의 꿈도 미뤄졌을 게
분명하다. 너무 멀고 높아서 도저히 이룰 수 없는 목표보다, 보잘것
없어 보여도 가능한 일부터 하나씩 이뤄갈 수 있는 목표가 낫다. 꿈
을 꿈으로만 간직한 채 아무것도 시도하지 못하고 늙어가는 것보다
나을 테니까.

　일본의 소규모 사설 박물관이 대부분 그렇듯, 이곳도 전시관과
아트숍을 겸하고 있다. 판매되는 공예품 중에서 까슬까슬한 돌멩이
표면에 섬세하게 고양이 모습을 그린 돌고양이가 마음을 끌었다.
저 고양이를 한 마리 데려다가 햇볕에 데워 품으면, 마음에도 온기
가 돌 것 같다. 하지만 수공예품이라 가격이 만만치 않아서 돌고양
이는 마음속에만 담아 오기로 한다. 대신, 고양이 접시를 하나 산

다. 이 접시를 쓸 때마다 고양이 미술관의 기억을 호출할 수 있기를.

세상에서 하나뿐인 고양이 수집품을 모으는 데 여행만큼 좋은 방법이 있을까. '지금 여기'가 아니면 구할 수 없는, 추억이 담긴 물건을 수집할 수 있기에 여행이 한결 즐거워진다.

고양이 미술관을 돌아보고 나가는 길에 현관문 앞에 몸을 도사린 갈색 길고양이와 눈이 마주쳤다. 아까 미술관으로 들어설 때도 근처를 어슬렁거리던 걸 보면, 미술관 언저리를 오가며 문지기 노릇을 하는 고양이가 분명하다. 엉덩이를 땅바닥에 붙이고 앉아 고양이와 얼굴을 맞대고 가만히 들여다보니, 연두색과 쑥색이 묘하게 섞인 눈동자가 이글거린다. 고양이 미술관 앞은 이 지역 길고양이들의 아지트 중 하나인지, 서너 마리의 고양이가 상주하고 있다. 마침 미술관 바로 옆집 할머니가 고양이를 키우고 있어서, 가끔 간식으로 캔을 얻어먹는 횡재도 하는 모양이다. 눈빛 형형한 문지기 고양이를 뒤로하고 고양이 미술관을 떠난다.

요코하마 고양이 미술관 橫浜 猫の美術館

찾아가는 길

역에서부터 도보로 20분 정도 걸린다.

미나토미라이 (みなとみらい) 선 모토마치·주카가이 (元町·中華街) 역→모토마치 공원 (元町公園) →베릭 홀(ベーリックホール)과 에리스만 저택(エリスマン邸) 사이 좁은 길로 직진→왼편으로 보이는 검은 창살문(猫の美術館이라고 적힌 간판이 있다.)

주소 橫浜市 中区 山手町76-1 **전화** 045-662-6821 **관람시간** 12:00~18:00
휴업일 화~금요일 **관람료** 성인 300엔

오드아이의 여왕

도도함이 고양이의 매력이긴 하지만, 여왕 같은 포스를 내뿜는 고양이는 흔치 않다. 단순히 아름답기만 해서는 여왕 고양이의 자격이 없다. 발아래 둔 사람들을 압도하면서도, 너그러이 어루만져주는 듯한 눈빛을 지녀야 한다. 요코하마 외국인 묘지로 가는 길목에서 만난 고양이가 그랬다. 눈뭉치처럼 하얗고 둥그란 얼굴에, 바다와 태양을 각각 닮은 눈동자가 빛나는 오드아이 고양이다.

여왕 고양이는 눈의 여왕처럼 서늘한 자태로 턱을 괴고 사람들을 내려다본다. 거리를 자유롭게 돌아다니는 걸 보고 길고양이인가 했는데, 분홍색 방울이 달린 목줄을 한 걸로 봐서는 근처에 사는 외출 고양이인 모양이다. 길을 잃고 헤매는 고

양이가 아니라는 것은 여유로운 자태에서도 알 수 있지만, 결정적인 증거가 있었다. 고양이가 몸을 누인 지붕 위로 곧게 선 광고판 기둥에 겹겹이 난 고양이의 발톱 자국들 말이다. 나무가 쑥 팰 만큼 들어가 있는 걸 보면, 수시로 이곳에 들러 발톱을 손질하며 망중한을 즐기는 모양이다.

주변을 관망하던 고양이가 몸을 일으켜 살며시 발을 내딛는다. 서늘한 자태의 여왕 고양이가 한 발짝씩 걸음을 옮길 때마다, 햇빛에 달아오른 낡은 양철지붕은 차가운 바다로 변한다. 바다가 얼어붙어 단단해지면, 고양이는 앞발이 물에 젖지 않는지 조심스레 건드려 보고서야 비로소 마음 놓고 몸을 누인다. 자신이 닿을 수 있는 가장 높고 안전한 곳, 하늘 아래 얼음 바다로 만든 침상에.

모토마치 공원의
고양이 아줌마

고양이 미술관을 나와 길고양이의 회합 장소로 유명한 모토마치元町 공원으로 접어든다. 아파트 앞 놀이터만큼이나 자그마한데, 한낮에도 고양이 서너 마리가 진을 치고 있다. 공원 벤치는 고양이와 사람을 차별하지 않고 기댈 공간을 내어준다. 사람들이 숱하게 앉았다 일어나는 과정에서 생긴 생채기와, 고양이가 열심히 발톱손질을 한 자국이 함께 벤치에 남아 있다. 사람과 고양이가 벤치를 이용하며 남긴 흔적은 그렇게 시간에 녹아들어 하나로 뒤섞인다.

공원 바닥에 발라당 드러누운 녀석, 벤치를 그늘막 삼아 숨어든 녀석, 한가로이 어슬렁거리는 녀석—그렇게 뿔뿔이 흩어져 볼일을 보던 길고양이들이 갑자기 모여든다. 저녁거리를 장만해 가지고 나타난 고양이 아줌마를 발견한 것이다.

청바지에 운동화를 신은 간편한 차림으로 나타난 고양이 아줌마는 한 손에 먹이를 담은 가방을 들고, 다부진 손길로 고양이밥을 나눈다. 참치 캔과 사료를 섞어 컨베이어 벨트에 물건을 놓듯 화단 경

계석에 척, 척, 척, 올려놓는다. 고양이들이 서로 신경 쓰지 않고 밥을 먹을 수 있는, 딱 그만큼의 간격을 유지한 채로. 그 몸짓에서 달인의 풍모가 느껴졌다.

고양이 아줌마의 머릿속에는 어느 고양이가 어떤 밥을 좋아하는가에 대한 통계가 다 들어 있는 모양이다. 가만히 살펴보면 재료의 배합도 조금씩 다르다. 피부병에 걸린 턱시도 고양이에겐 건사료를 토핑처럼 뿌린 참치가, 카오스 무늬 고양이에겐 삶은 멸치가 저녁밥으로 배당됐다. 배고픈 와중에도 사료는 본체만체 참치만 골라먹는 녀석도 있으니, 길고양이라고 해서 모두 '저렴한 입맛'을 가진 건 아닌 모양이다.

화단 위 기다란 돌 식탁 위로 일제히 뛰어오른 고양이들이 고개를 숙이고 참참 소리 내며 밥을 먹는다. 여느 고양이 아줌마라면 돌보는 길고양이가 배부르게 밥 먹는 모습을 흐뭇하게 바라볼 텐데, 모토마치 공원의 고양이 아줌마는 잠깐의 여유도 자신에게 허용하지 않고 성큼성큼 자리를 옮긴다. 저녁밥을 기다릴 다른 길고양이 생각에 마음이 바쁜 것이다.

나라는 달라도 길고양이에게 밥을 주는 사람의 마음은 같다. 내 집에서 키우는 고양이를 생각하면, 배를 곯는 동네 길고양이의 모습이 남의 일 같지 않아 보이는 것이다. 그래서 자기도 모르게 집에 있는 고양이 간식 캔을 챙겨 나오거나, 고양이 용품 쇼핑몰에서 사료를 주문할 때 길고양이용 대포장 사료도 함께 사게 된다. 사람들은 대개 그런 과정을 거쳐 고양이 아줌마가 되어간다.

먹이 주는 손길에 익숙해진 고양이는 같은 시간, 같은 장소에서 고양이 아줌마를 기다릴 것이다. 그렇게 한번 사람을 믿어버린 고양이는 악의를 지닌 사람들이 다가와도 경계심을 풀기 쉽다. 그래서 고양이 아줌마의 어깨는 무거워지고 발걸음은 빨라진다. 길고양이들은 잘 있는지, 하루 사이에 별일은 없었는지 궁금하기 때문에. 그러니 누구든 저녁 무렵 모토마치 공원을 거닐다 보면 고양이 아줌마를 만날 수 있을 것이다. 그때는 가벼운 목례로 인사해 주시길.

해질녘의 야마테 지역은 적막하다. 고풍스러운 서양식 건물 사진을 찍기 위해 찾아온 관광객들도 허기를 달래려 슬슬 주카가이中華街 쪽으로 향하는 시각, 어스름이 깔린 거리를 활보하는 건 길고양이뿐이다. 특별 기획전이 열리는 요코하마 시립미술관에 가려면 서둘러야 했지만, 이미 늦어버렸다. 명작 회화나 유명인을 패러디해 셀프 포트레이트 사진을 찍는 모리무라 야스마사森村泰昌 기획전이 열리고 있던 때라, 온 김에 전시도 보고 갈 생각이었다. 처음 계획대로라면 벌써 1시간 전에는 미술관에 도착했어야 하는데, 모토마치 공원 길고양이와 어울리다가 생각보다 오랜 시간을 지체하는 바람에 아직도 공원에서 멀리 벗어나지 못했다. 조급해진 마음을 다독이며 걸음을 옮기는데, 2차선 도로를 무단 횡단하는 고양이 한 쌍이 눈에 밟힌다.

꼬랑지가 빠져라 도망가는 흰 고양이를 뒤쫓는 검은 고양이는 날듯이 네 다리를 한껏 뻗고 전속력으로 내달린다. 고양이가 가끔 보여주는 '우다다 놀이'의 스케일이 도로 전체로 넓어진 것이다. 두 고양이는 관광객이 모두 빠져나간 거리가 모두 제 것인 양, 도로 한복판을 신나게 가로지른다. 사람이 땅에 그은 경계선은 고양이에게 어떤 제재도 하지 못한다. 금을 뛰어넘는 두 마리 고양이와 작별하고 나니, 비로소 요코하마 고양이 여행의 매듭을 지은 듯한 느낌이다.

마법의 땅 와치필드와
고노하나 미술관

요코하마 고양이 미술관이 수집가를 위한 미술관이라면, 가와구치코河口湖 고노하나木ノ花 미술관은 창작자를 위한 기념관이다. 마법의 나라 와치필드에 사는 고양이 다얀Dayan의 모든 것을 담은 미술관이기에 '다얀 미술관'이라고도 부른다.

고양이 캐릭터라면 연상되는 귀엽고 앙증맞은 모습과 달리, 다얀은 조금 다른 캐릭터 유형을 보여준다. 눈초리가 한껏 치켜 올라간 커다란 눈, 사시처럼 서로 다른 방향을 보는 두 눈동자는 반항적으로 보이기까지 한다. 자존심은 강하지만 하는 행동은 서투르고, 엉뚱한 사고를 치는가하면, 질투심도 만만치 않은 고양이. 그런 다얀의 모습은 종잡을 수 없는 고양이의 매력을 그대로 담고 있다.

엽서보다 조금 큰 크기의 그림책으로만 감질나게 보던 다얀의 원화를 직접 보고 싶어서 고노하나 미술관을 찾아간다. 도쿄에서 왕복 4시간 거리인 가와구치코까지는 버스나 기차로도 갈 수 있지만,

이번에는 신주쿠 고속버스터미널에서 버스를 타기로 한다. 여행 내내 특급·급행·쾌속·각역 정차 등 종류가 제각각인 전철을 갈아타면서 느낀 환승 스트레스에서 해방되고 싶었다. 무엇보다도 가와구치코 역까지 환승하지 않고 단번에 갈 수 있다는 게 좋았다.

하루 전날 미리 끊어둔 승차권을 들고 새벽 일찍 숙소를 나와 버스에 탄다. 신주쿠 역 오다큐小田急 여행 서비스센터 매표원이 볼펜으로 출발일시와 목적지를 쓱쓱 적어 건네준 수기식手記式 승차권은 3,400엔짜리치고는 허술해 보인다. 기계로 매끈하게 출력한 승차권에 익숙해진 내게는 꼭 간이영수증 같은 느낌이다.

오전 7시 10분에 출발하는 가와구치코 방면 버스에는 승객이 거의 없다. 자리가 5분의 1도 차지 않았으니 아무 데나 빈자리를 골라 잡아 넓게 앉아 가도 될 법한데, 내 옆자리를 배정받은 청년은 굳이 지정된 자리에 앉는다. 그의 무릎에는 가벼워 보이는 가방 하나가 달랑 얹혀 있다. 지갑 하나와 콤팩트형 카메라 하나쯤 들었을까. 청년의 가방을 힐끗 보고, 내 발 밑의 묵직한 배낭과 비교하며 슬며시 한숨을 쉰다. 한 개씩 집어넣을 때는 몰랐던 짐의 무게가 새삼 무겁게만 느껴진다. 낯선 곳을 여행할 때면 불안의 무게만큼 짐의 부피도 커진다. 필요한 물건이 없어서 당황하는 것보다, 무거워도 이것저것 챙겨가는 편이 나을 것 같다는 불안감이 가방을 부풀리곤 했다. 그러나 하루 일정을 마치고 돌이켜 보면 종일 들고 다닌 짐 중에서 유용하게 쓴 물건은 절반이나 됐을까. 나는 아무래도 여행의 기술보다 불안을 내려놓는 법을 먼저 배워야겠다. 그래야 가방도

여행도 가벼워질 테니까.

벽돌색 뾰족지붕이 앙증맞은 가와구치코 역 관광안내소에서 미술관 할인권과 지도를 받아들고, 동글동글 귀여운 노란색 레트로 버스에 몸을 맡긴다. 오전 9시에 출발하는 첫차를 탈 수도 있었지만 그냥 현금을 내고 탈까, 아니면 2일 정기권을 사서 다른 곳도 여유롭게 돌아볼까 고민하는 사이 버스는 매몰차게 떠나버렸다. 1일 정기권이 있었으면 고민도 안 했겠지만, 가와구치코 역에서는 2일 정기권만 판매하니⋯⋯. 레트로 버스 외에는 교통편이 마땅치 않아서, 30분마다 운행하는 버스를 놓치고 나니 버스를 타려면 다시 꼼짝없이 30분을 기다려야 했다. 하지만 시간이 남은 덕에 안내소에서 나눠주는 50엔 할인권을 챙겼다.

고노하나 미술관 앞에서 내리는 사람은 나뿐이다. 고즈넉하다 못해 적적하다고 느낀 것도 잠시, 예쁘장한 미술관 쪽으로 발걸음을 옮긴다. '다얀 이야기' 시리즈의 글을 쓰고 그림을 그린 작가 이케다 아키코池田晶子는 C. S. 루이스의 연작소설 『나니아 연대기』의 웅장한 세계관과 말하는 사자 아슬란의 멋진 모습에 감명을 받아 1987년 다얀의 이야기를 만들었다고 한다. 그래서인지 다얀 시리즈는 단순히 숲속 동물들이 나와서 아웅다웅하는 이야기로 그치지 않는다. 만화 『보노보노』풍의 해맑은 동물나라 이야기가 아니라, 꿈을 먹는 괴물과의 갈등이나 그림자와 본체의 다툼 같은 의미심장한 주제도 함께 다룬다. 밝음과 어두움이 동시에 느껴지는 다얀의 기묘한 느낌은 그런 배경 아래 나온 것이다.

사설 미술관이나 박물관이 소규모로 운영되는 것은 일본 어느 곳이나 크게 다를 바 없다. 작가의 일러스트레이션 원화를 중심으로 전시한 고노하나 미술관 역시 규모는 크지 않다. 하지만 엄숙하기 짝이 없는 여느 미술관과 달리, 고노하나 미술관은 1, 2층으로 나뉜 전시장 곳곳에 환상을 자극하는 장치들이 마련되어 있어 눈길을 끈다. 동화 속 아담한 성처럼 생긴 미술관 외관도 그렇지만, 보통 하얗게 칠하기 마련인 미술관 내벽을 온통 빨강, 노랑, 초록의 강렬한 원색으로 채색해서, 벽 색깔이 바뀔 때마다 마치 다른 차원으로 이동하는 것 같은 기분이 든다. 책으로만 보았던 와치필드의 세계가 앙증맞은 디오라마로 재현되어 있다는 것도 마음에 든다.

벽에 걸린 원화들을 천천히 훑으며 걷다 보면 작가의 작업실을

재현해놓은 공간이 불쑥 나타난다. 자칫 지루해지기 쉬운 전시 공간에 활기를 불어넣는 장치다. 이곳에는 다얀을 창조한 작가 이케다 아키코가 여러 나라를 여행하며 찍은 기념사진, 편지, 여행용 트렁크, 직접 그린 그림들, 그림의 주재료인 파스텔 등이 정신없이 널려 있다. 마치 방금 전까지 이곳에서 그림을 그리던 작가가 몸만 쏙 빠져나간 것처럼. 전시가 마무리되는 마지막 방에서는, 만화경처럼 조그만 구멍을 통해 안을 들여다볼 수 있는 장치 속에서 다얀과 친구들의 모습이 동영상으로 상영되면서 관람객을 배웅한다.

미술관을 나와서도 아쉬운 마음에 떠나지 못하고 주변을 슬렁슬렁 걸어본다. 미술관 맞은편에 딸기 모양의 아치로 장식한 레스토랑 카페 '올슨 씨의 딸기밭'이 눈에 들어온다. 와치필드에 살고 있는 돼지 농부 올슨 씨의 이름을 딴 이 음식점에서는, 미술관 옆 딸기 하우스에서 직접 수확한 딸기로 만든 디저트가 인기란다.

후지 산을 가장 아름다운 각도로 볼 수 있는 '후지 5호' 중 하나에 속한 호수마을답게, 미술관 뒤쪽으로 조금만 더 걸어가면 드넓은 호수가 펼쳐진다. 혹시 호숫가에서 길고양이를 만날 수 있을까 하는 기대로 둘러보았지만, 고양이 대신 캐나다 거위들만 어정어정 걸어 다니고 있었다. 사람을 겁내지 않는 거위는 내가 곁으로 가까이 가도 도망가기는커녕, 까맣고 작은 눈으로 바라보기만 한다.

아쉽게도 고노하나 미술관을 방문한 날 이케다 아키코 작가를 직접 만날 수는 없었다. 미술관에는 특별한 날에만 방문하고, 평소에는 도쿄의 작업실에서 지낸다고 한다. 여행에서 돌아와서도 미련이 남아, 혹시나 하고 작가에게 이메일을 보내 봤다. 다얀은 그가 키우던 고양이를 모델로 한 것이라는데 아직도 고양이를 키우고 있을까, 그가 생각하는 고양이의 매력은 무엇일까 궁금했다.

시간이 흘러 메일을 보낸 것도 잊어버렸을 무렵 답장이 왔다. 메일에는 질문에 대한 답과 함께, 2008년 고노하나 미술관 10주년 기

넘행사로 열린 퍼포먼스 사진이 첨부되어 있었다. 사진 속의 그는 다얀 캐릭터 인형과 함께 모터사이클로 카퍼레이드를 펼치는가 하면, 그림책 속에 나오는 대왕 고양이의 모습으로 분장하고 파스텔을 이용해 즉흥적으로 다얀을 그리는 퍼포먼스를 하고 있었다. 저런 고양이 분장을 하려면 쑥스러울 것 같기도 한데, 그는 마냥 즐겁기만 한 모습이다. 하긴 자신이 만들어낸 세계가 많은 사람들의 사랑을 받고, 그 세계의 모든 것을 담은 미술관이 창립 10주년을 맞이한 건, 바람직하게 자란 자식을 보는 것처럼 뿌듯한 일이겠다.

해외여행을 다니면서 창작의 영감을 얻는다는 작가는, 여러 나라 중에서도 모로코를 가장 인상 깊은 여행지로 꼽았다. 전통적인 생활 방식을 자랑스럽게 이어가는 모로코 사람들의 모습도 인상적이었지만, 거리 곳곳에 넘치는 강렬한 색채가 마음에 남았단다. 유독 모험을 즐기는 다얀의 모습 속에서 여행을 사랑하는 작가의 성향이 엿보인다. 여행에서 얻는 비일상적인 즐거움과 색다른 경험이 다얀의 모험 이야기를 더욱 생생하게 만든다.

작가가 키우는 고양이 이름이 모두 모터사이클 이름을 딴 것이라는 사실도 알게 됐다. 늘 집에 붙어 있는 2008년 4월 생의 장난꾸러기 고양이는 트라이엄프 본네빌Triumph Bonneville(통칭 '본'), 가출하는 습관이 있는 또 다른 고양이는 람브레타lambretta(통칭 '란짱')라고 부른다. "본이 집에 온 뒤로는 란짱이 밥을 먹고는 재빨리 나가버린다"며 "우리 집엔 풀타임 고양이 한 마리, 파트타임 고양이 한 마리가 살고 있다"고 눙치는 그의 익살이 정겹다.

"고양이란 동물은 아름답고 호기심이 가득해서, 함께 노는 것은 물론 보는 것만으로도 즐거워요. 게다가 이렇게 멋진 생물이 우리와 가까운 곳에 살고 있기까지 하지요. 무엇보다 고양이 캐릭터가 사랑받는 건, 어느 고양이도 특유의 눈초리나 몸매가 비슷하기 때문이라고 생각해요. 고양이를 사랑하는 사람은, 고양이 캐릭터를 보고 자신의 고양이를 떠올리게 되지요. 저도 '다얀은 우리 고양이와 똑같네요' 하는 소리를 자주 듣는답니다."

이케다 아키코의 말처럼, 고양이를 사랑하는 사람들 사이에서는 서로 다른 고양이의 기억도 하나로 이어지게 된다. 우리 집 고양이를 볼 때마다 내가 어딘가에 심어놓고 온 고양이의 기억을 떠올리게 되니까. 멀리 떠나 있어도, 오랜 시간이 흘러도.

가와구치코 고노하나 미술관 河口湖 木ノ花美術館

신주쿠(新宿) 역 서쪽 출구→오다큐(小田急) 고속버스터미널→가와구치코행 고속버스 승차→가와구치코 역 하차(약 1시간 45분 소요)→가와구치코행 노란색 레트로 버스 (レトロバス) 승차→17번째 정류소: 고노하나 미술관 · 사루마와시 극장(木ノ花美術館 · 猿まわし劇場) 하차→길 건너 미술관까지 도보 1분

★ t i p !

• 고속버스 승차권은 오다큐 선 신주쿠 역 1층 서쪽 출입구 오다큐 여행 서비스센터 에서 예매 가능하다.

• 레트로 버스는 2개 노선이 운행되므로, 사이코 · 아오키가하라 (西湖 · 青木ヶ 原) 행을 타지 않도록 주의해야 한다. 가와구치코행 버스는 30분에 1대 꼴 로 운행한다.

• 가와구치코 관광안내소에서 고노하나 미술관 50엔 할인쿠폰을 배포한다.

홈페이지 http://konohana-muse.com
주소 山梨県 南都 留郡富士 河口湖 町河口3026-1 **전화** 0555-76-6789
관람시간 3월~11월 09:00~17:00
　　　　　　12월~2월 10:00~16:00(평일) / 09:00~17:00 (토 · 일요일 · 경축일)
휴업일 연중무휴 **관람료** 성인 500엔

꿈의 도서관
다치바나 다카시의 고양이 빌딩

    다치바나 다카시立花隆의 '고양이 빌딩'은 애서가라면 한 번쯤 소유하고 싶은 꿈의 공간이다. "천국은 다만 거대한 도서관이 아니겠는가"라고 했던 가스통 바슐라르의 말을 굳이 빌리지 않더라도, 지하 1층부터 지상 3층까지 자신이 고른 책으로 가득 채운 도서관이라면 어찌 탐나지 않겠는가. 게다가 책뿐 아니라 고양이도 좋아하는 사람이라면, 거대한 검은 고양이의 얼굴이 체셔 고양이처럼 둥실 그려진 이 건물 주인을 부러워할 수밖에.

    어쩌다가 개인 서재만으로 책을 감당할 수 없어서 개인 도서관까지 세울 지경이 됐나 싶다가도, 다치바나 다카시의 독서 편력을 살펴보면 수긍이 간다. '좀 더 많은 책을 읽고 싶다'는 이유로 잘 다니던 회사도 그만두고 도쿄대학 철학과에 다시 입학한 그는, 저널리스트로 활동하면서 인터뷰를 하거나 책을 쓰기 위한 준비를 할 때면 참고 도서를 1미터 높이로 쌓은 뒤 단번에 사들였다고 한다. 그것도 서점에 직접 나가 간단히 훑어보면서 쓸모없는 책은 추려낸 분량이

그 정도였단다. 그렇게 사들인 책의 무게를 감당하지 못해 집 바닥이 내려앉기도 했다니, 책만 따로 보관하기 위한 용도로 건물을 짓고 고양이 빌딩 전담 비서까지 채용했던 그의 입장도 이해가 된다. 다치바나 다카시의 왕성한 독서 편력을 보여주는 『피가 되고 살이 되는 500권, 피도 살도 안 되는 100권』을 보면, 미야자키 하야오宮崎駿 감독과의 인연을 언급한 대목에서 애니메이션 「귀를 기울이면耳をすませば」의 성우로 출연한 적이 있다고 밝혔는데, 그가 맡은 배역이 재미있다. 주인공 여자아이 시즈쿠의 아빠인 도서관 사서 역이다. 책에 파묻혀 책을 쓰면서 살아가는 그의 인생과 잘 어울린다.

도쿄 분쿄文京 구의 주택가에 위치한 고양이 빌딩은, 비탈진 내리막길의 맨 아래쪽에 자리 잡고 있다. 건물 전체를 온통 까만 페인트로 칠한 까닭에, 멀리서 보면 꼭 거대한 검은 고양이가 길목에 웅크리고 있는 것 같다. 일반인에게 내부를 공개하지는 않지만, 『나는 이런 책을 읽어왔다』에 수록된 흑백사진 한 장만으로는 알 수 없던 고양이 빌딩의 면모를 볼 수 있다는 생각에 가슴이 두근거린다. '나도 고양이 빌딩 같은 개인 도서관을 갖고 싶다'고 생각했던 마음속의 목표가 이것으로 좀 더 뚜렷해졌다.

고양이 빌딩은 다치바나 다카시의 자택에서 걸어서 5분 남짓 되는 거리에 있는데, 지금은 고양이 빌딩을 지었을 때보다 소장 도서가 늘어나 고양이 빌딩의 서가도 이미 포화 상태라고 한다. 책이 많은 건물이라 채광을 제한해야 해서 그런지 유리창은 조그마했

다. 그나마도 안이 비치지 않는 젖빛 유리를 끼워 내부 구조는 보이지 않는다. 온통 까맣기만 한 건물에 그나마 숨통을 터주는 건 청록색 출입문인데, 문 바로 옆에는 '셰 다치바나chez TACHIBANA'라고 적힌 문패를 붙여 두었다. 누구나 한 번 보면 잊지 못할 검은 고양이의 강한 인상 때문에, 고양이 빌딩으로 와야 할 우편물이 길을 잃고 헤매는 일은 없을 듯하다.

흑백사진으로 봤을 때는 몰랐지만, 직접 대면한 고양이 빌딩은 네모반듯한 건물 양쪽을 압축기로 꽉 누른 것처럼 폭이 좁고 높았다. 비싼 땅값 때문에 좁은 땅에 건물을 높이 세우느라 가늘고 길쭉해진 건물을 펜슬 빌딩ペンシルビル 이라고 부른다는데, 정면에서 보면 정말 길쭉한 기둥 하나가 박혀 있는 것처럼 보이기도 한다.

건물 정면에는 예의 검은 고양이가 눈을 부릅뜨고 있다. 애묘가로도 널리 알려진 다치바나 다카시가 자신의 개인 도서관 벽에 고양이 얼굴을 그리게 된 것도 고양이를 좋아하기 때문이라고 한다. 여느 고양이와 달리 입 꼬리가 처진 입술이 무뚝뚝해 보이지만, 그렇다고 해서 귀여운 고양이 얼굴을 그렸다면 서재 주인의 이미지와는 어울리지 않았을 것 같기는 하다. 함께 사는 고양이와 인간이 닮아가는 것처럼, 고양이 빌딩도 다치바나 다카시의 마음을 비추는 검은 거울 같은 공간이다.

고양이 빌딩의 시초가 된 다치바나 다카시의 서재도 처음에는 거창하지 않았다. 고양이 빌딩을 짓기 전의 청년 시절, 그러니까 가난한 자유기고가였을 무렵에는 사과 상자를 주워 책꽂이 대용으로 썼다고 한다. 없는 살림에 번듯한 서재는 사치였던 것이다.

그에게도 미래가 불투명하고 막막하기만 한 청년기가 있었다. 닥치는 대로 잡다한 글을 쓰면서 연명하던 시절의 경험이, 잡학가이자 다작가인 지금의 그를 만들었을 것이다. 그러나 다치바나 다카시는 고양이 빌딩처럼 번듯한 개인 도서관을 만든 다음에도, 오래된 사과 상자를 버리지 않고 도서관 안에 두었다. 그가 버리지 못한 사과 상자의 의미는 무엇이었을까.

다치바나 다카시는 독특한 직업에 매진하는 청년 11명을 인터뷰한 책 『청춘표류』의 에필로그에서 그 자신도 지나온 무명의 시기, 도대체 저 사람이 무얼 하면서 저만큼 성장했는지 알 수 없는 시절을 가리켜 '수수께끼의 공백시대'라고 말한 바 있다. 이제 번듯한 고양이 빌딩을 가졌음에도 허름한 사과 상자를 버리지 못하는 건, 그 시절을 잊지 않기 위해서일 거라고 생각한다. 불안하지만 온갖 가능성으로 가득 찼던 수수께끼의 공백시대를 기억하기 위해서, 처음 마음을 잊지 않기 위해서.

그렇다면 고양이 빌딩처럼 소유주의 정신세계를 함축적으로 보여주는 건물도 드물지 않을까. 세계적인 건축가가 설계한 것도 아니고 심지어 무뚝뚝하기 그지없게 생긴 건물이지만, 고양이 빌딩은 내게 꿈의 도서관으로 기억될 것 같다.

고양이 빌딩猫ビル

고라쿠엔(後楽園) 역 4번 출구→분쿄 시빅 센터(文京シビックセンター)에서 추오대학 고
등학교(中央大学高等学校) 입구까지 직진→횡단보도 건너 맞은편 샛길로 직진(초록색 富
坂診療所 안내 표지판 방향)→직진하다 보면 빨간색 아스팔트길→내리막길 끝까지 쭉 직
진→고양이 빌딩(도보 15분 소요)

주소 東京都 文京区 小石川 2-18-12

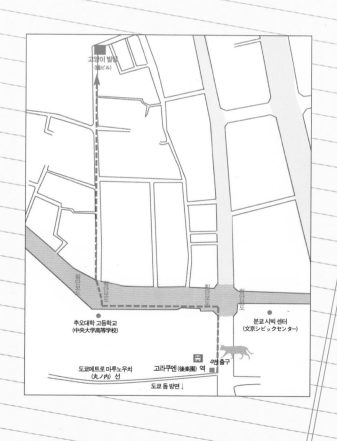

달려라
고양이 버스

어디로든 훌쩍 떠나고 싶은 밤이면, 오렌지 색 3M 귀마개를 꺼내 귀를 틀어막고 「이웃의 토토로となりのトトロ」에 나오는 고양이 버스를 상상해본다. 하늘을 가르며 쏜살같이 달려와, 폭신하고 말랑한 뱃속에 나를 품고 달려줄 고양이 버스를 떠올리는 것만으로도 마음이 가라앉았다. 언니 사쓰키와 철없는 동생 메이를 품고 밤하늘로 날아오르던, 든든한 엄마 같은 고양이. 천 개의 손을 지닌 천수관음이 수많은 손에 달린 눈으로 사람들의 괴로움을 지켜보고 아픔을 보듬어준다는 것처럼, 힘차게 달리는 고양이 버스의 수많은 손발이 내 괴로움도 날려줄 것 같았다. 그 고양이 버스를 만나고 싶어서 지브리ジブリ 미술관을 찾았다.

미야자키 하야오 감독이 직접 설계한 지브리 미술관에는 안팎으로 아기자기한 볼거리가 많다. 입장권조차 셀 애니메이션에 쓰인 필름을 커팅해서 만든 것인데, 내가 받은 건 운 좋게도 「고양이의

보은猫の恩返し」의 주인공 소녀 하루가 고양이로 변신한 장면이다. 별 생각 없이 지나칠 법한 수도꼭지 모양도 「마녀 배달부 키키魔女の宅急便」에 등장하는 고양이 지지의 모습으로 만든 게 흥미롭다.

다른 곳은 보는 듯 마는 듯 휘휘 돌아보고 나서, 맨 꼭대기 층에 있는 고양이 버스의 방으로 올라간다. 고양이 버스에 어른이 탈 수 없다는 건 알고 있었지만, 막상 눈앞에 커다란 고양이 버스가 있는데 만져볼 수도 없다고 생각하니 서운했다. 내가 할 수 있는 거라곤 꺅꺅 즐거운 비명을 지르며 뛰어노는 아이들을 부러워하는 일뿐이었다. 지브리 미술관 바깥에 아기자기하게 꾸민 정원도, 아이들이 물장난을 하는 빨간 구식 펌프도 귀여웠지만, '그림의 떡'인 고양이 버스 때문에 느낀 아쉬움을 달래주진 못했다.

고양이 버스의 방은 지브리 미술관에서 관람을 마치고 나가는 문과 이어져 있다. 미야자키 하야오의 환상세계에 빠졌던 사람들이 현실로 돌아가는 경계선이다. 고양이 버스를 마지막으로 한 번 더 보고 돌아 나가려다가, 걸음을 멈추고 지하 1층으로 향한다. 맨 처음 들렀던 애니메이션의 방에 다시 한 번 가보려는 것이다.

지브리 미술관에 들어선 사람들은 안내원이 인도하는 방향에 따라 이 방에 가장 먼저 들르게 된다. 애니메이션의 원리를 보여주는 암실처럼 어두운 방 안에서 관람객은 줄을 지어 느릿느릿 움직인다. 그렇게 조금씩 움직이던 사람들이 어느 순간 걸음을 멈추는 건, 투명한 원기둥으로 둘러싸인 거대한 회전 원판 앞이다. 똑같아 보

이지만 실은 미세하게 다른 포즈를 취한 수많은 인형들이 차례차례 원을 그리며 둘러서 있다.

처음에는 토토로와 메이와 사쓰키와 먼지벌레 친구들이 어둠 속에 가만히 서 있을 뿐이다. 그러다 어느 순간 회전판이 시계 반대 방향으로 빙글빙글 돌기 시작하면, 어두운 방 한가운데 불이 켜지고 원무가 펼쳐진다. 여러 장의 셀화를 빠른 속도로 후루룩 넘기면 셀화 속의 캐릭터가 살아 움직이는 것처럼 보이는 애니메이션의 원리를 입체로 구현한 것이다. 토토로가 달리고, 고양이 버스가 너울너울 하늘을 날고, 아이들이 줄넘기를 하고, 먼지벌레가 통통 뛰며 빙글빙글 돌아간다. 그러다 일정한 시간이 흐르면 모든 캐릭터의 동작이 서서히 멈추고 모든 것이 다시 어둠 속으로 사라진다. 그 조형물 앞에 서면 묘한 기분이 된다. 회전판은 시계 반대 방향으로 돌지만 실제로는 앞으로 나아가는 것처럼 보여서, 세상도 거꾸로 돌아가는 듯한 느낌이다. 폐관 시간이 다 되어 더 이상 그 앞에 줄을 서는 사람이 없어질 때까지, 어둑어둑한 방 한가운데 놓인 벤치에 앉아 밝아졌다 어두워지는 고양이 버스의 움직임을 바라본다.

지브리 미술관 실내에서는 사진을 찍을 수 없지만, 찍었다 해도 그 어둠 속에서 느낀 감정을 온전히 전할 수 있을 것 같지는 않다. 그게 가능하려면 이 책의 '지브리 미술관' 항목은 종이가 아니라 동영상을 상영할 수 있는 액정화면이어야 할 테니까. 그 풍경을 가질 수 없는 대신, 눈동자 속의 깊고 어두운 우물에 담아온다. 그 순간이 선명하게 각인될 수 있도록 나는 오래오래 그곳에 앉아 있다.

미타카의 숲 지브리 미술관三鷹の森 ジブリ美術館

JR신주쿠(新宿) 역에서 추오(中央) 선 환승→미타카(三鷹) 역 남쪽 출구→왼쪽 에스컬레이터로 내려가 지브리 미술관 셔틀버스 탑승(편도 200엔, 왕복 300엔)

★ t i p !
겨울철 휴관일과 부정기 휴관일이 있으니 방문 전에 홈페이지 확인!
입장권은 예매해야 한다.

홈페이지 www.ghibli-museum.jp **주소** 東京都 三鷹市 下連雀1-1-83 **전화** 0570-055-777
영업시간 10:00~18:00 **휴업일** 화요일 **관람료** 성인 1,000엔

헬로키티의 달콤한 환상
퓨로랜드

1974년 11월 1일, 영국 런던의 화이트 가문에서 귀여운 고양이 아가씨가 태어났다. 이름은 키티 화이트. 사과 다섯 개를 한 줄로 쌓아올린 정도의 키에, 사과 세 개만큼의 몸무게. 과자 만들기를 즐기고 '우정'이란 단어를 좋아하며, 작고 귀여운 것을 수집하는 일이 취미인 키티 화이트는, 헬로키티Hello Kitty라는 캐릭터 브랜드로 더 익숙하다.

세계에서 가장 유명한 고양이 캐릭터 헬로키티의 팬에게, 산리오 퓨로랜드Sanrio Puroland는 빼놓을 수 없는 방문지 중 하나다. 화려한 드레스를 몇 차례나 갈아입으며 뮤지컬 주인공으로 활약하는 헬로키티, 온통 분홍색으로 치장한 화이트 가문의 저택, 헬로키티 문양으로 장식한 음식과 퓨로랜드 한정 기념품까지, 헬로키티의 모든 것을 집대성한 곳이니까.

하지만 막상 퓨로랜드에 가겠다고 하니 주변 사람들의 반응은 시큰둥했다. 혼자 무슨 맛으로 놀이공원을 가느냐는 거였다. 게다가 퓨로랜드를 갈 바에는 차라리 도쿄 디즈니랜드를 가라며 다들 말렸다. 서울랜드와 에버랜드와 꿈돌이랜드가 같을 수 없는 것처럼, '랜드'라는 이름이 붙었다고 해서 다 같은 급이 아니란 건 안다. 규모를 기준으로 평가한다면 퓨로랜드는 디즈니랜드에 비해 턱없이 시시할지도 모른다. 하지만 살아 움직이는 헬로키티가 시나모롤, 뱃지마루, 폼폼푸린 같은 친구들과 함께 행복한 마을을 이뤄 살아가는 모습을 보고 싶었다. 비록 헬로키티와 친구들이 살고 있는 이상향이 '순도 100퍼센트의 가짜'라고 해도. 헬로키티를 생각하면 떠오르는 건 온통 분홍색, 달다 못해 혀끝이 아릴 것 같은 딸기 솜사탕의 맛이다. 하루쯤은 그런 헬로키티의 분홍빛 환상에 빠져보고 싶었다.

그런데 오다큐 선을 타고 게이오 다마센터京王多摩センター 역에 내려 퓨로랜드로 걸어 들어갔을 땐 좀 당혹스러웠다. 멀리서 보았을 때는 높고 웅장한 마법의 성처럼 보였는데 사실은 거대한 땅굴에 가까웠다. 실내 테마파크라는 공간의 특성 때문인지, 위로 건물을 세우는 대신 아래로 깊이 파내려간 것이다. 대부분의 놀이시설 역시 지하 1층에 자리 잡고 있다. 대신 광장에서 공중곡예도 할 수 있을 만큼 천장을 높이 만들어서, 지하 공간의 답답함은 그리 느껴지지 않는다. 실내 테마파크이기에 날씨나 계절에 상관없이 즐길 수 있다는 점은 퓨로랜드의 장점 중 하나다.

일본에 아직 캐릭터 사업이란 개념이 없던 시절 헬로키티로 캐릭터 왕국을 이룬, 산리오의 창립자 쓰지 신타로辻信太郎가 퓨로랜드를

완공한 건 1990년 12월경이었다. 개장 이후 한동안 퓨로랜드는 '유사 디즈니랜드'라는 악평을 듣기도 하고, '헬로키티로 벌어들인 돈을 퓨로랜드로 다 날리겠다'는 비난까지 받았다고 한다. 그럼에도 불구하고 쓰지 신타로는 퓨로랜드를 포기하지 않았다. 이미 도쿄 디즈니랜드처럼 만만찮은 경쟁사가 놀이공원 시장을 선점한 마당에 굳이 퓨로랜드를 고집한 이유는 무엇이었을까.

아마도 그에게 퓨로랜드는 어떤 이상향이 아니었을까 싶다. 가정을 제대로 돌보지 않았던 아버지와 일찌감치 연락이 끊기고 열세 살때 어머니마저 돌아가신 뒤 친척집을 전전하며 성장한 쓰지 신타로에게, 퓨로랜드는 잃어버린 어린 시절을 상징하는 공간이었을 것이다. 다정한 캐릭터 인형들이 반겨주는 놀이공원이야말로 영원히 나

이 먹지 않는 아이들을 위한 공간이고, 낯선 타인에게서 공공연하게
위로받을 수 있는 곳일 테니까. 물론 어려서부터 퓨로랜드에서 산리
오 캐릭터에 친숙해진 아이들이, 어른이 되어서도 무의식중에 산리
오 제품을 좋아하게 될 거라는 사업가다운 계산도 없진 않았겠지만.

퓨로랜드에는 광장 한가운데 우뚝 선 '지혜의 나무'를 중심으로
일곱 개의 어트랙션이 있다. 일반적인 놀이공원이 대부분 스릴 넘치
는 탈것에 치중한다면, 퓨로랜드는 탈것보다 각각의 어트랙션에서
펼쳐지는 뮤지컬과 광장에서 열리는 퍼레이드에 비중을 둔다. 뮤지
컬 배우로 등장하는 단원들 중 일부가 다카라즈카宝塚 가극단 출신
이라는 이력을 자랑스레 내세울 정도다. 특히 중앙 광장에서 하루에
두 차례 열리는 퍼레이드 '빌리브Believe'는 쓰지 신타로가 직접 각본
을 쓸 만큼 중요하게 여겼던 것으로 유명하다. 여느 놀이공원의 퍼
레이드와 달리 공중점프 회전이나 하늘에서 내려온 후프 타기 등의
묘기를 선보이는 모습에서는, 아이와 함께 온 어른도 서커스처럼 화
려한 쇼를 보며 지루해하지 않도록 배려한 모습이 보인다.

퓨로랜드가 주력 상품으로 내세우는 건 다채로운 공연물이지만,
내 마음을 사로잡았던 건 헬로키티 탄생 30주년을 기념해 세운 '헬
로키티의 집'이었다. 착시 현상을 이용해 물이 거꾸로 흐르는 모습
을 연출한 분수, 센서로 움직임을 감지해 관람자가 가까이 오면 물
소리를 들려주는 샤워실, 헬로키티 캐릭터 침구로 장식한 침실, 헬
로키티 모양의 소파와 화장대에 이르기까지, 저택 안은 키티 마니

아라면 홀딱 반할 물건들로 가득했다. 어른들의 눈에는 비록 장난
감처럼 보이겠지만, 아이들에게는 거대하고 화려한 꿈의 궁전으로
기억될 게 분명하다.

수많은 헬로키티 인형 중에서도 지역 한정 키티의 존재는 흥미로
운데, 이름에서 짐작할 수 있듯 지역 특산품이나 유명한 동물, 음식,
관광 명소 등의 모습을 담은 옷과 장식물로 치장한 것이 특징이다.
키티 얼굴을 빼고는 모든 것이 지역의 콘셉트에 맞게 바뀌는데, 예
컨대 키티가 매고 있는 리본 색깔은 빨간색이지만, 홋카이도 지역
한정 키티는 이 지역에서 많이 서식하는 여우의 모습을 본뜬 모자를
쓰거나, 지역 특산물인 라벤더 빛깔의 리본을 달고 있는 식이다. 재
미있는 건 한국에서도 지역 특성을 반영한 키티가 출시된다는 사실.
부산 자갈치 키티, 대구 사과 키티, 전라도 녹차 키티, 제주도 해녀

키티, 이천 도자기 키티, 영덕 대게 키티, 강원도 오징어 키티 등이
다. 가히 '세계로 뻗어가는 지역 한정 키티'가 아닐 수 없다.

일본의 마네키네코 향토인형 수집가들이 있듯이, 이러한 지역 한
정 키티만 수집하는 사람들도 존재한다. 지역 한정 키티는 포장지 그
림도 좋은 볼거리가 되기 때문에 수집가들은 곧잘 포장을 뜯지 않고
그대로 모셔둔다. 보통 사람은 한두 개 기념 삼아 사는 정도에 그치
지만, 골수 수집가의 단계로 접어들면 수집용 미개봉품 하나, 늘 갖
고 다닐 소장용으로 하나, 이렇게 한 쌍을 구입하게 된다는데 나는
아직 그 경지까지는 이르지 못했다. 뭔가 기념이 될 만한 것을 하나
쯤 사고 싶어서 퓨로랜드 한정 헬로키티를 집어 든다. 아까 보았던
호두까기인형 뮤지컬에 등장했던 분홍빛 드레스를 입은 인형이다.

이 세상에 존재하는 모든 것을 헬로키티로 뒤덮으려는 퓨로랜드
의 '야망'은 놀이시설에 그치지 않는다. 4층의 푸드머신 레스토랑
에서도 헬로키티 캐릭터 음식이 인기다. 춤을 추듯 재미난 포즈를
취한 로봇 요리사 마네킹을 중심으로 컨베이어벨트 위에서 음식들
이 빙글빙글 돌고 있는데, 언제나 차가운 온도를 유지하며 빙글빙
글 돌아가는 푸드머신에서 앙증맞은 디저트를 고를 수 있다. 헬로
키티 얼굴 모양의 도시락이나 헬로키티 도장이 찍힌 유부초밥 같은
도시락 종류는 포장해서 집으로 가져갈 수도 있다. 식당에는 어른
용 의자 못지않게 많은 아동용 보조의자가 비치되어 있어서, 퓨로
랜드의 주인공은 역시 아이들이란 걸 실감한다. 폐점 시간이 가까

워져 한산해진 테이블 아래
오도카니 자리 잡은 헬로키
티 보조의자는, 마치 수줍
게 숨바꼭질을 하는 것처럼
보인다.

원래 예상은 반나절쯤 퓨
로랜드를 구경하고 신주쿠
일대 서점이라도 돌아볼 생
각이었는데, 어쩌다 보니
문 닫을 시각까지 머물렀
다. 엄마 손을 잡고 하나둘
퓨로랜드를 빠져나가는 아
이들을 따라 문밖으로 나선
다. 한낮에는 존재감이 없
던 퓨로랜드 입구의 전자무
지개는 밤이 되면서 화려하
게 빛난다. 달콤한 환상의
유효기간은 너무 짧다. 들
떴던 마음은 문을 나서는
순간, 마법이 풀린 것처럼
헛헛해진다.

산리오 퓨로랜드

신주쿠(新宿) 역에서 게이오(京王) 선 하시모토(橋本)행 쾌속 전철 탑승→게이오 다마
센터(京王多摩センター) 역 하차(40분 소요)→퓨로랜드(도보 5분)

★ t i p !
홈페이지에 다양한 할인쿠폰이 있으니 꼭 챙길 것!

홈페이지 www.puroland.co.jp **주소** 東京都多摩市落合1-31 **전화** 042-339-1111
영업시간 10:00~17:00(토 · 일요일, 연말연시, 방학 등에는 18:00까지 연장)
휴업일 수요일 또는 목요일(유동적이므로 홈페이지에서 확인) **관람료** 자유이용권 4,400엔

가마쿠라의 담벼락 고양이

고양이 섬 에노시마로 가는 길에 잠시 하세(長谷) 역에 내려 고토쿠인(高德院)의 가마쿠라(鎌倉) 다이부쓰(大仏)를 보러 간다. 오다큐 선 신주쿠 역에서 에노시마·가마쿠라 프리패스를 구입하면 하루 동안 에노덴을 자유롭게 승하차할 수 있어서 지나는 김에 들를 생각이었다. 다이부쓰는 높이 13.4미터, 무게만 121톤에 달하는 거대한 청동 불상으로, 일본에서 두 번째로 규모가 크다고 한다. 불상 옆의 조그만 출입구에 줄을 서서 입장료 20엔을 내면 부처님 뱃속으로 들어가 볼 수도 있는데, 막상 들어가면 특별한 것은 없다. 비밀스런 기도실이나 숨겨진 사리함 같은 게 있었다면 흥미진진했겠지만, 그저 좁고 천장이 높은 암실 같은 느낌뿐이다. 섭섭해할 사람들을 위한 이벤트가 하나 있긴 하다. 청동을 용접

해서 만든 불상이라 내부가 매끄럽지 않고 울퉁불퉁한 부분이 있는데, 거기 동전을 살짝 붙였을 때 떨어지지 않고 붙어 있으면 소원이 이뤄진다나. 그것마저도 관광객의 푼돈을 겨냥해 만들어낸 전설이 아닌가 싶지만.

부처님 뱃속 구경보다는 역으로 돌아오는 길에 마주친 젖소무늬 길고양이의 모습이 더 오래 기억에 남는다. 담벼락에 올라앉아 열심히 그루밍을 하다가 고개를 쭉 빼고 사람들을 뚫어져라 바라보는 고양이의 모습이 꼭 망을 보는 것 같기도 하고, 누군가를 기다리는 것도 같다.

아이 둘을 데리고 지나가던 엄마가 고양이를 발견하고는, 싱긋 웃으며 인사하듯 손을 내민다. 엄마가 하는 양을 바라보던 어린 딸도 담벼락 위로 손을 쭉 뻗는다. 고양이가 화들짝 놀라 앞발질이라도 하면 어쩌나 조마조마한데, 뜻밖의 풍경이 펼쳐졌다. 기분이 좋아진 고양이가 모녀의 손에 얼굴을 부비기 시작한 게다.

'드디어 만났다옹. 나를 예뻐해줄 사람, 나랑 놀아줄 사람.'
냄새로 인사할 수 있도록 엄마와 아이가 동시에 손을 내밀 때, 고양이도 제 팔을 쭉 뻗는다. 엄마의 따뜻한 손과 아이의 작고 부드러운 손이 고양이의 앞발과 살짝 맞닿는다. 고양이는 아무 고민 없이 그 손에 몸을 맡긴다. 고양이의 작은 앞발과 사람의 손이 맞닿을 때의 느낌이 참 좋다.

흐뭇한 마음으로 바라보다, 길고양이 때문에 지체된 시간을 생각하고 서둘러 하세 역으로 발걸음을 옮긴다. 언젠가 가마쿠라를 떠올릴 때, 나는 뱃속이 텅 빈 부처님보다 이 고양이와 가족의 따뜻한 교감을 더 오래 기억할 것 같다.

고양이 섬
에노시마 산책기

　고양이가 많은 섬에 가고 싶었다. 산꼭대기에 올라 주변을 돌아보면 섬을 둘러싼 바다를 한눈에 볼 수 있을 만큼 조그맣고 동그란 섬. 기왕이면 그곳에는 당당하게 앞발로 먹을 것을 사냥하는 고양이들이 살고 있으면 좋겠다고 생각했다. 만화 『아즈망가 대왕』에 나오는 야마네코山猫가 사는, 일본의 최남단 오키나와沖繩 현에 부속된 섬인 이리오모테지마西表島나, 길고양이의 천국으로 불리는 다시로지마田代島 정도면 어떨까. 그러나 이동하는 데만 하루가 꼬박 걸리는 이런 곳은, 짧은 여행 중에 찾아갈 수 있을 만한 섬이 아니었다.

　결국 마음속으로 그리던 고양이 섬에 대한 아쉬움을 달랠 겸 선택한 곳이 에노시마江ノ島였다. 도쿄에서 1시간 반 정도면 갈 수 있는데다, 섬이지만 큰 다리로 육지와 연결된 덕분에 배를 타지 않고도 갈 수 있어서 여름 휴양지로 유명하다. 무엇보다 이곳에도 여느 섬 못지않게 길고양이가 많다는 말에 귀가 솔깃했다.

　에노시마까지 관광객을 실어 나르는 에노덴江ノ電은 만화 『슬램덩

크』의 주인공 강백호와 친구들이 타고 다니던 그 전철이다. 1900년부터 운행을 시작했으니 역사가 100년도 넘어 내부는 오래된 티가 나지만, 관광지를 운행하는 전철답게 외관 디자인은 다채롭다. 여느 전철처럼 밋밋한 초록 띠 디자인도 있지만, 에노덴이 통과하는 관광지의 대표 이미지가 담긴 것도 있고 복고풍 장식을 그려 넣은 디자인까지, 골라 타는 재미가 있다.

에노시마 역에 내리니, 이곳에 오기 전에 잠시 들렀던 가마쿠라와는 분위기가 사뭇 다르다. 가마쿠라 관광객 대부분이 불교 유적을 구경하려는 사람들이라면, 에노시마에는 여름바다를 즐기러 온 휴양객이 태반이다. 오가는 사람들의 연령대도 한층 젊다. 모래사장 한가운데엔 한 무리의 청년들이 레게 음악을 들려주는 디제이를 둘러싸고 까딱까딱 춤을 춘다. 샌들을 신고 발목에 사물함 열쇠를 찬 아가씨들은 수영복에 카디건 하나만 걸친 채 패스트푸드점 문을 열고 들어선다. 해변을 즐기는 사람들을 뒤로하고, 에노시마와 이어진 대교 쪽으로 사람들을 뒤따라간다. 딱히 뭔가를 관광해야겠다는 목적보다, 길에서 마주치는 길고양이들과 어울리며 소일할 생각으로 느릿느릿 걷는다.

에노시마에는 워낙 길고양이 개체 수가 많아서 길고양이를 위한 모금함까지 곳곳에 있을 정도다. 그렇게 한 푼 두 푼 모인 모금

액은 길고양이 대책을 마련하기 위해 쓰인다고 한다. 길고양이를 무조건 퇴치 대상으로 취급하기보다는, 주민들이 스스로 자구책을 만들어 고양이와 공존해 나가려는 노력이 있기에 에노시마 고양이들도 여유롭게 살아갈 수 있지 않나 싶다.

이렇게 관리되는 덕분에, 섬 곳곳에는 고양이가 터줏대감인양 지키고 앉아 있다. 매섭게 눈을 빛내며 사냥감을 낚아채는 야생 고양이의 날렵한 모습을 상상했다면 조금 실망할지도 모른다. 에노시마 고양이는, 어쩐지 유들유들한 표정으로 관광객의 호주머니가 열리기를 기다리는 것만 같다. 둥글둥글한 얼굴에는 닳고 닳은 관광지 고양이 특유의 붙임성이 가득하다. 화려한 볼거리를 원하는 사람들에게 에노시마는 성에 차지 않겠지만, 길고양이를 만나 양껏 놀아보고 싶은 사람으로서는 마음에 들 만한 장소다.

섬을 한 바퀴 돌아볼 생각으로 걸음을 재촉하는데 길이 은근히 가파르다. 평지가 쭉 이어지는 바닷가를 상상했건만, 에노시마의 주요 명소를 둘러보려면 하염없이 이어지는 계단과 경사진 길을 한참 올라가야만 했다. 게다가 등산로 입구에서는 느닷없이 에스컬레이터 탑승권을 팔고 있었다. 동네 분위기는 1980년대쯤에서 시간이 멈춘 듯한 관광지 느낌인데, 올라가는 길목마다 웬 에스컬레이터?

올라가는 길에 틈틈이 길고양이를 만날 수 있을 것 같아서 걷기로 했지만, 30분쯤 걸어 보니 에스컬레이터가 설치된 이유를 알겠다. 무거운 배낭을 짊어 메고 가파른 계단을 오르다보니 뜨겁고 눅눅한 여름 공기 때문에 금세 지쳐버렸다. 배낭을 내버리고 싶은 충

동을 몇 번이나 억누르며 걸었다. 지친 나를 격려해주는 건 역시 길에서 만나는 고양이뿐이다. 섬 곳곳에 길고양이들이 지키고 서 있는 데는 '단번에 오르기 힘든 길, 쉬엄쉬엄 놀며 가라'는 뜻이 담겨 있는지도 모르겠다.

고양이 여행 중에 길고양이를 찍으면서, 고양이를 대하는 한국인과 일본인의 반응에서 확연한 차이를 느낀다. 한국에서 길고양이를 찍고 있으면 찍는 사람에게 관심이 쏠리지만, 일본에서는 사진 찍는 사람은 안중에 없고 고양이에게로 관심이 집중되는 경우가 대부분이다. 심지어 처음 보는 내 곁에 다가와 함께 길고양이를 찍던 사람도 있었으니까. 에노시마의 관광객도 고양이를 발견하면 귀여워 못 견디겠다는 듯 환호성을 지르며 다가온다. "네코짱, 가와이이!"를 연발하며 카메라를 꺼내는 사람들에게 둘러싸여도, 고양이는 아무렇지 않은 얼굴로 누워 있다. 뭐, 이 정도 환대쯤은 이미 익숙하다는 모습이다.

경사진 길을 열심히 오르다 보면 샛길이 하나 나온다. 이정표가 있어 쉽게 알아볼 수 있는데, 에노시마의 명물인 '류렌노카네龍恋の鐘'가 있는 곳이다. 머리가 다섯 개 달린 용과 천녀의 사랑이 이뤄졌다는 전설이 있는 곳으로, 종을 둘러싼 울타리에 자물쇠를 채우고 종을 울리면 사랑이 이뤄진다고 한다. 수많은 자물쇠가, 사랑이 깨어지지 않기를 바라는 연인들의 소망을 담고 다닥다닥 매달려 있다. 어떤 자물쇠는 무시무시할 정도로 억세게 생겼고, 어떤 것은 장

난감 같다. 그 와중에도 못생긴 무쇠 자물쇠를 달긴 싫었던지 앙증맞은 헬로키티 자물쇠를 매단 연인들도 있다. 지금은 어찌 됐을지 알 수 없지만, 두 사람은 아마 그만큼 예쁘고 귀여운 사랑을 하고 있었을 게다.

　류렌노카네를 떠나, 한때 스님들이 수도하는 곳이었다는 이와야岩屋 동굴이 있는 쪽으로 발길을 돌린다. 계단을 오르내리는 게 힘들어서 '이건 섬을 보러 온 게 아니라 등산하러 온 게지' 하고 내내 투덜거렸는데, 이 부근부터는 시야를 가리는 것 없이 탁 트인 바다를 볼 수 있다. 근처에서 고양이 옆얼굴을 닮은 바위도 발견했다. 오뚝한 코와 동그랗게 파인 눈동자 자리가 고양이 얼굴을 꼭 닮아서, 내 마음대로 '고양이 바위'라 불러본다. 가이드북에도 나오지 않는 바위지만, 에노시마를 생각할 때마다 고양이 바위를 떠올리게 될 것 같다.

에노시마 江の島

오다큐 (小田急) 선 신주쿠 (新宿) 역에서 쾌속급행 (快速急行) 탑승→후지사와 (藤沢) 역에서 에노덴 (江ノ電) 환승→에노시마 (江ノ島) 역 하차→왼쪽 상점가를 직진→지하 통로→큰 다리로 바다를 건너면 에노시마 도착

★ t i p !

- 이와야 동굴로 가는 길에 암벽 절경으로 유명한 지고가후치 (稚児ヶ淵) 가 있다. 계단을 내려가면서 고양이가 얼굴을 닮은 바위도 찾아보자.
- 보통 에노시마와 가마쿠라를 함께 관람하므로, 신주쿠 역에서 에노시마 · 가마쿠라 프리패스 (急江ノ島 · 鎌倉フリーパス, 1,430엔) 를 구입하면 좋다.

주소 神奈川県 藤沢市 江ノ島

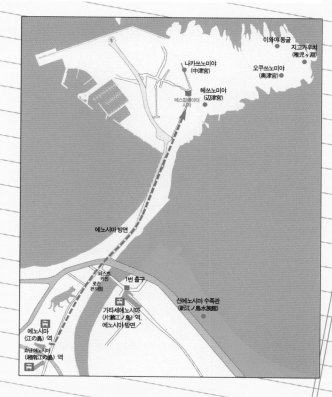

고양이 역장
타마의 묘생역전

'복고양이 역장님이 계신 역이라서 승차권도 즉석복권을 닮은 건가?'

기시貴志 역을 지키는 고양이 역장 타마たま를 만나러 가는 길에, 와카야마和歌山 역에서 기시가와貴志川 선 1일 승차권을 사면서 피식 웃는다. 역무원이 은박 코팅된 승차권 뒷면의 년·월·일 부분을 동전으로 긁어 날짜 표시를 하고 건네주는데, 사용 방법이 꼭 500원 짜리 즉석복권 같아서다. 고양이 역장을 만나러 가는 사람들은 대부분 1일 승차권을 산다. 시발역인 와카야마 역과 종점인 기시 역 사이의 편도 요금이 360엔이니 왕복 요금은 720엔이지만, 1일 승차권은 650엔으로 오히려 더 저렴하기 때문이다. 게다가 1일 승차권으로는 기시가와 선 14개 역 중 어디서나 자유롭게 내리고 탈 수 있으니 훨씬 이득이다.

와카야마 역에서 기시 역까지 2량짜리 꼬마 전차를 타고 가는 시간은 32분. 일반 전차도 있지만, 가는 길이 지루하지 않으려면 세

종류의 특별 열차 중에 하나를 골라서 타
는 게 좋다. 와카야마 현의 명물인 딸기를
테마로 한 딸기 전차いちご電車, 아이들이
좋아하는 장난감이 진열장 안에 가득한

장난감 전차おもちゃ電車, 고양이 역장 타마의 캐릭터 그림 101장을
객차 외부에 빼곡하게 도배한 타마 전차たま電車가 그것이다. 나도
기시 역까지 갈 때는 장난감 전차를, 와카야마 역으로 돌아올 때는
딸기 전차를 탔다.

　지금은 와카야마 현의 명소가 됐지만, 기시가와 선의 종점인 기
시 역은 적자 때문에 2006년 4월부터 무인역으로 운영되었다고 한
다. 뿐만 아니라 기시가와 선 자체가 워낙 이용객이 적은 탓에 폐쇄
될 위기에 놓이기도 했다. 그러나 난카이南海 전철로부터 기시가와
선을 인수한 와카야마 전철에서는, 노선을 없애는 대신 새로운 승
객을 창출할 방법을 모색했다. 평범했던 전차의 내·외장을 따뜻하
고 정겨운 느낌으로 바꾼 딸기 전차와 장난감 전차 등을 기획해 관
광객을 불러 모으고, 기시 역 매점 근처에서 밥을 얻어먹던 길고양
이 타마를 역장으로 임명한 것도 '지역선 살리기 운동'의 일환으로
시작된 것이다. 그러니 고양이 역장이 탄생한 배경을 이해하려면,
딸기 전차와 장난감 전차가 생겨난 연유부터 짚고 넘어가야 한다.

　2006년 8월, 점점 이용객이 줄어드는 기시가와 선을 살릴 특단의
조치로 첫 운행을 시작한 딸기 전차의 모습은 획기적이었다. 나무

바닥을 깔고 깜찍한 딸기 그림으로 실내를 장식한 딸기 전차가 운행되자, 이 재미난 전차를 타 보기 위해 외지에서 승객들이 모여들었다. 이러한 딸기 전차는 '기시가와 선의 미래를 만드는 모임' 회원과 지역 주민 들이 2,500여 건에 달하는 서포터 신청을 하고 십시일반 모은 후원금의 힘으로 현실화될 수 있었다.

딸기 전차에 이어 2007년 7월 운행을 시작한 장난감 전차는 차량 안을 장난감 전시장처럼 만들어 눈길을 끌었다. 한국에서 흔히 '뽑기'로 부르는 캡슐토이 기계와 어린아이용 침대까지 설치되어 가족 단위 유람객을 위한 배려를 짐작할 수 있다. 쉽게 지루해하는 아이들을 데리고 여행하는 가족에게 장난감 전차는 놀이방처럼 즐거운 이동 수단이다. 게다가 이렇게 특별한 나들이의 끝에는 귀여운 고양이 역장이 기다리고 있으니, 자연스레 일본 전역에서 고양이 역장을 만나보려는 관광객들이 모여들게 되었다. 경제성과 효율의 논리가 횡행하는 세상에서, 폐쇄 위기에 놓인 기시가와 선이 살아나는 기적이 벌어진 것이다. 그 기적의 중심에는 고양이 역장 타마의 '묘생역전' 이야기가 있다.

기시 역 매점 아주머니에게 보살핌을 받으며 살던 길고양이 타마는 기시 역의 존폐 문제가 언급되면서, 함께 살던 엄마 고양이 미코, 동생 치비와 함께 쫓겨날 위기에 처했다. 하지만 타마와 가족들이 역 근처에서 계속 살 수 있게 해 달라고 호소한 매점 아주머니 덕에, 타마는 새 직업을 얻었다. 즉, 고양이 역장 신분으로 손님들을 맞이하게 된 것이다. 무엇보다 '타마가 손님을 부르는 마네키네코로 일해 준다면, 우리 회사에도 도움이 될지 모른다'는 와카야마 전철 사장의 파격적인 발상이 큰 힘이 됐다.

이렇게 시작된 고양이 역장의 업무는 생각 외의 호평을 받았다. 변두리 무인역인 기시 역까지 일부러 고양이 역장을 보러 오는 사람들도 늘었다. 타마 역장 덕에 점차 기시 역의 위상이 높아지자, 와카야마 전철에서는 2008년 1월 타마를 '슈퍼 역장'으로 승진시켰다. 고장의 명예를 드높이고 관광객 유치에 앞장선 타마의 공로를 높이 산 와카야마 현 지사는, 2008년 10월 26일 타마 역장에게 '경(卿)'의 작위까지 부여했다.

길에서 살던 고양이 타마가 2007년 1월 역장으로 임명된 이후, 이 지역 경제에 기여한 가치는 무려 11억 엔에 달한다고 한다. 이 금액은 전철 이용객 운임뿐 아니라 고양이 캐릭터 상품과 사진집 등 부대사업 수익금, 텔레비전 출연 등으로 인한 홍보 등 유·무형의 가치를 아우른 것이다.

주말에는 사람이 너무 많을 듯해서 일부러 월요일 오후에 타마 역장을 만나러 갔다. 도중에 내리는 사람이 거의 없는 걸 보면, 대부분 타마 역장을 보러 온 사람들인 듯했다. 기시 역에 내리자마자 다들 카메라를 든 손을 높이 들어 타마의 일거수일투족을 찍느라 정신이 없다. 쓰지 않는 매표창구를 개조해 만든 역장실에는 타마 역장과 엄마 미코, 역장 보조역의 치비가 한데 모여 있다. 예전에는

딸기 모양 쿠션에 누워 손님들을 맞이하는 타마 역장을 직접 쓰다듬어볼 수 있었지만, 몰려드는 구경꾼에게 시달림을 당하는 타마와 가족을 보호할 장치가 필요해져서 역장실을 새로 만든 것이다. 역장실 안에는 캣타워와 환풍기, 화장실과 전기방석 등의 살림살이가 비치되어 있다. 들판을 마음껏 쏘다닐 수는 없지만, 먹을 것과 잠자리가 보장되는 안락한 노후를 얻은 셈이다. 세 마리 모두 열 살이 넘은 노령 고양이여서 대부분의 시간을 온열방석 위에 누워 잠을 자며 소일하고 있다.

고양이 역장의 발자취를 보여주는 기념관 역할을 겸한 고야마 매점 안에는 타마의 사진들이 빼곡하게 붙어 있다. 처음으로 역장에 부임한 날에 찍은, 잔뜩 기합이 들어간 사진과 슈퍼 역장으로 임명된 뒤 찍은 사진의 여유로운 표정이 대조되어 귀엽게만 보인다. 고야마 매점에 비치된 임명장에 따르면, 타마의 봉급은 고양이밥, 근무 기간은 평생 동안이라고 한다. 이곳에는 전국 각지에서 보내온 타마 역장의 초상화와 기념 선물이 전시되어 있고, 타마와 관련된 캐릭터 상품도 판매한다. 심지어 역무원을 주제로 한 피규어 시리즈 '철도아가씨鉄道むすめ'에도 와카야마 전철의 승무원과 타마 역장이 등장해 고양이 역장의 인기를 실감할 수 있다.

와카야마 전철은 고양이 역장으로 세간의 화제를 불러 모으는 데 그치지 않고, 타마 캐릭터 상품 개발, 타마 전차 개발 등으로 연계 사업을 확장해 나갔다. 200~500엔 사이의 비교적 저렴한 가격에 살 수 있는 문구류, 자석, 엽서, 배지 등 소품을 주로 비치해 방문객

들이 부담 없이 구입할 수 있게 했다. 특히 검은색 겨울 모자, 흰색
여름 역장 모자를 각각 쓴 타마 역장 마네키네코는 출시되자마자
빠른 속도로 매진되어, 현재는 진열품밖에 남지 않았을 정도다.

　기시 역을 방문했던 2008년 11월경에는 아직 타마 전차를 한참
만들고 있던 때라 아쉽게도 딸기 전차와 장난감 전차만 탈 수 있었
지만, 2009년 3월 21일부터는 타마 전차가 운행을 시작해 고양이
마니아들의 사랑을 받고 있다. 타마 전차는 외관부터 온통 고양이
역장의 캐릭터 그림으로 장식된데다가, 객차 안에 고양이 관련 책
을 비치하고 인테리어도 고양이 발자국을 비롯해 온통 고양이의 자
취가 느껴지는 모습으로 꾸몄다고 한다. 언젠가 오사카 근처를 들
르게 되면, 타마 전철을 타고 다시 한 번 고양이 역장을 만나러 가
고 싶다. 고양이 역장을 보기 위한 여행이라면 역시 타마 전차가 제
격이니 말이다.

고양이 역장 기시 역

간사이 공항에서 JR관공쾌속(関空快速) 탑승→JR히네노(日根野) 역에서 JR기슈지쾌
속(紀州路快速)으로 환승→JR와카야마(和歌山) 역 도착→역 밖으로 나가지 말고 계단
통로로 내려가 9번 승강장으로→기시가와(貴志川) 선 와카야마 역 매표소에서 1일
승차권 구입(650엔)→종점 기시(貴志) 역 하차

★ t i p !
간사이 공항→JR와카야마 역까지 약 45분 소요, 와카야마 선 와카야마 역→기시
역까지 약 32분 소요.

홈페이지 http://www.wakayama-dentetsu.co.jp   **전화** 073-478-0110(와카야마 전철)
역장 근무시간 하절기 09:00~17:00 / 동절기 10:00~16:00   **역장 휴무일** 일요일

trip **3**

복고양이의
전설을 찾아서

정성스런 마음을 담아 건네는 마네키네코 한 점. 사람들은 조그만 고양이 인형에 흔들리는
마음을 기댄다. 마네키네코를 사는 행위가 비록 자기 위안에 지나지 않는다 해도, 한 점 인
형에 소박한 행운을 빌어보는 것이다. 일본에서 고양이를 행운의 상징으로 여기게 된 건 무
엇 때문일까? 마네키네코의 발상지를 찾아 그 실마리를 짚어본다.

팔백만신의 나라에 사는
고양이

　흔히 '복고양이'라 부르는 마네키네코의 발상지가 어디인지에 대해서는 여러 가지 설이 전해진다. 도쿄만 하더라도 히코네彦根 번주藩主에게 천재지변을 면하게 해준 고양이 덕에 가난한 절이 부흥하게 되었다는 고토쿠지豪德寺 설, 가난에 찌든 노파가 키우던 고양이를 버렸다가 참회하며 고양이를 모델로 인형을 만들었다는 전설이 있는 이마도 진자今戸神社에서 비롯됐다는 설, 고양이 지장보살이 모셔져 있는 지쇼인自性院이 시초라는 설, 위험한 뱀의 존재를 경고하던 고양이를 오해해 목을 베어버린 유녀遊女가 억울한 고양이를 기리고자 마네키네코를 만들었다는 사이호우지西方寺 설 등으로 의견이 분분하다. 교토의 후시미 이나리 다이샤伏見稲荷大社에서는 이나리稲荷 신의 권속인 여우 인형을 마네키네코의 기원으로 보기도 한다.

　하지만 유일신을 믿는 것이 아니라 조상과 자연물까지 신앙 대상으로 삼아 팔백만신八百万神이란 말이 생겨난 일본에서라면, 마네키네코에 단 하나가 아닌 수많은 원류가 존재하는 것은 당연한 일

인지도 모른다. 누가 원류이고 누가 아류인지를 굳이 따지기보다,
지역마다 다른 마네키네코 문화를 살펴보는 것도 재미있겠다 싶
었다. 그 많은 마네키네코의 기원을 되짚어 올라가다 보면, 고양이
를 행운의 상징으로 받아들이게 된 마음의 근원도 찾을 수 있지 않
을까.

　　시장에서 흔히 볼 수 있는 기성품 마네키네코가 하얀 몸통에 검
은색·황토색 반점을 찍은 천편일률적인 모습으로 제작되는 것과
달리, 일본 각지의 사찰이나 신사에서 자체적으로 조달하여 봉납하
는 마네키네코는 그 지방 고유의 색깔을 띠고 있다. 오래 전부터 한
결같은 모습을 이어온 마네키네코는, 단순히 복을 불러다주는 상징
일 뿐만 아니라 과거와 현재를 잇는 매개체가 된다. 추억을 불러일

으키는 향토인형으로서 가치를 지니게 되는 것이다.

틀에 얽매이지 않고 작가의 개성에 따라 서로 다른 모습으로 창작되는 현대 마네키네코 인형과 달리, 이러한 전통 마네키네코 인형은 오래 전부터 그 지방에서 전해져온 기본 양식을 엄격하게 따른다. 그렇지 않으면 그 인형은 더 이상 그 지역만의 특별한 마네키네코가 아니게 된다. 오늘날의 미적 기준으로 보았을 때는 다소 고루하고 못생겨 보여도, 지역 고유의 마네키네코 인형들이 전통적인 양식을 고수하는 이유는 거기에 있다.

예를 들면 대표적인 마네키네코의 발상지인 고토쿠지에서는, 마네키네코가 장식 없는 새하얀 몸통에 빨간 목줄을 두른 커다랗고 까만 눈동자를 가진 고양이로 묘사된다. 고양이가 뭔가를 집중해서 바라볼 때 동공이 커지는 모습처럼, 홀린 듯 멍한 표정에서는 묘한 기운이 느껴진다. 남녀 간의 인연을 맺어주는 신사로 알려진 이마도 진자의 마네키네코는 한 쌍의 고양이가 샴쌍둥이처럼 몸을 맞댄 모습을 하고 있다. 마치 그 마네키네코를 사가면 영혼의 짝을 만나게 될 거라고 암시라도 하는 것처럼.

대개 옷을 입지 않은 맨몸으로 묘사되는 마네키네코 인형과 달리, 또 다른 유형의 마네키네코도 있다. 예컨대 오사카의 스미요시 다이샤住吉大社에서 판매하는 마네키네코는 격식을 갖춰 정장을 차려 입은 점잖은 수컷 고양이의 모습을 하고 있다. 이렇게 다양한 마네키네코가 존재하는 탓에, 개성적인 향토인형의 하나로 자리 잡은 마네키네코를 방방곡곡 찾아다니며 모으는 마네키네코 전문 수집가도 생겨날 정도다.

그러나 어떤 모습을 하고 있을지라도 마네키네코가 맡은 역할은 동일하다. 의지할 곳을 필요로 하는 사람들의 마음을 다독이고, 행운의 암시를 전해주는 것. 마네키네코를 사는 행위가 비록 자기 위안에 지나지 않는다 해도, 사람들은 인형 한 점에 자신의 행운을 빌어본다. 무심한 얼굴로 눈을 뒤룩거리고는 있지만, 사람들이 자신에게 거는 기대를 알고 나면 어깨가 한결 무거울 마네키네코들이다. 마네키네코 발상지가 어디인지를 알아본다. 그 전설의 현장은 어떤 모습일지 궁금해졌다. 마네키네코가 전해줄 행운을 찾아 또 다른 여행을 시작한다. 마네키네코의 발상지를 찾아 떠나는 여행이다.

고양이를 모시는 사찰
고토쿠지

역 이름에도 무게가 있다. 특정 장소가 역의 이름으로 쓰인다는 건, 그만큼 그곳이 그 지역을 대표할 만큼 무게를 갖고 있다는 말이겠다. 고토쿠지 역도, 마네키네코의 발상지인 고토쿠지까지 사람들을 인도하는 관문으로 그 소임을 다하고 있다. 역을 나서자마자 가게 곳곳에서 발견되는 앞발 든 고양이 인형들은 이곳이 마네키네코의 발상지라는 사실을 잘 보여준다. 심지어 주차금지 표시에까지 고양이 그림을 그려 넣을 만큼, 고양이에 대한 이곳 사람들의 애착은 대단하다. 고토쿠지로 가는 길 방향의 기둥에는 조그만 고양이 그림들이 그려져 있어 고토쿠지까지 가는 길을 안내하는데, 화살표가 가리키는 방향으로 15분쯤 걸어가면 고즈넉한 세타가야世田谷 구의 주택가 한가운데 드넓은 부지를 소유한 고토쿠지가 위용을 드러낸다.

유명세를 얻은 만큼 번잡스럽기 쉬운 여느 관광지와 달리, 고요하고 엄숙한 고토쿠지의 겉모습은 보통의 사찰과 다를 바 없다. 그

러나 한 가지 다른 점이 있다면, 이곳에서는 부처님보다 마네키네
코가 더 인기 있는 신앙 대상이라는 사실이다. 절 안으로 들어서자
마자 왼쪽으로 보이는 목조탑에 숨은 고양이 조각들을 찾아보는
것도 고토쿠지 탐방의 즐거움 중 하나다.

심지어 반가사유 자세로 앉은 부처님 앞에 놓인 공양물이 고양
이 간식 캔인 것을 보고 웃을 수밖에 없었다. 마네키네코 절에서는
부처님도 고양이 간식을 반기실까.

고토쿠지에 전해지는 마네키네코의 전설은 이렇다. 에도 시대 히코네 번彦根 藩, 오늘날의 시가(滋賀) 현의 2대 번주인 이이 나오타카井伊直孝, 1590~1659가 허름한 절 앞에서 손짓하는 듯한 자세의 흰 고양이를 보고 이상히 여겨 다가가자, 그가 방금 전까지 머물렀던 자리에 천둥번개를 동반한 큰 비가 쏟아졌다고 한다. 고양이 덕분에 천재지변을 면한 이이 나오타카는 고토쿠지에 잠시 머무르는 동안 스님의 설법에 감화되어, 고토쿠지를 대대로 이이井伊 가문의 위패를 모시는 절로 삼았다. 가난한 살림에도 고양이를 거둬 먹였던 고토쿠지의 스님은, 쇠락해가는 절을 부흥시킨 고양이에게 감사하는 뜻으로 고양이를 위한 법당을 만들고 마네키네코 상을 모셨다.

때문에 고토쿠지에는 소원을 비는 나무판인 에마絵馬에도 절을 부흥시킨 흰 고양이가 그려져 있다. 2007년 여름 처음 고토쿠지를

방문했다가 그 고즈넉한 분위기가 마음에 들어서 이듬해에도 다시 찾았는데, 에마에 그려져 있던 어설픈 고양이 그림이 1년 사이에 세련된 모습으로 변한 걸 보고 놀랐다. 그전에는 단순한 정면 구도의 그림이었는데, 지금은 절 입구에 선 목조탑의 조각상 모습을 본떠 쥐가 고양이에게 돈을 물어다주는 그림으로 바뀌었다. 이런 걸 보면, 마네키네코의 전설에 안이하게 기대 사는 것만 같았던 이곳도 유명세에 안주하지 않고 끊임없이 변화를 추구하는구나 싶다.

재미있는 건, 도쿠가와德川 막부의 핵심 인사인 이이 나오타카의 환심을 샀던 마네키네코의 이야기가 고토쿠지에서 끝나지 않고, 오늘날 시가 현 히코네 시의 지방자치단체 캐릭터로 태어났다는 점이다. 2006년 히코네 성 축성 400주년을 기념해 만들어진 히코냥ひこにゃん이 바로 그 주인공이다. 고토쿠지 경내에 느닷없이 히코냥 캐릭터 입간판이 있는 것도, 마네키네코와 히코냥의 밀접한 관계 때문이다.

히코냥은 고토쿠지의 마네키네코 전설에서 전해지는 것처럼 흰

고양이의 외모에, 빨간 투구를 덧씌운 모습으로 묘사된다. 하얀 찹쌀떡처럼 동그란 얼굴과 실제 고양이를 방불케 하는 캐릭터 인형의 귀여운 몸짓 덕분에 히코

네 성을 찾은 사람들에게 큰 인기를 얻고 있다. 심지어 발렌타인데이에 히코냥 앞으로 배달되는 초콜릿 선물이 어찌나 많은지 행복한 비명을 지를 정도라고 한다. 히코냥의 취미는 '히코네 성 주변을 어슬렁어슬렁 산책하는 것'이라고 하는데, 히코네 성 400주년 기념 홈페이지http://www.hikone-400th.jp에 가보면 히코냥 캐릭터의 출몰 스케줄까지 일별로 정리되어 있어 그 인기를 실감케 한다.

고양이를 모시는 법당 옆에 마련된 마네키네코 봉납처에는 크기만 다를 뿐 똑같은 얼굴 표정을 한 고양이들이 일사불란하게 손을 처들고 있다. 그 모습을 보고 있으면 하얀 고양이들이 오글오글 모여들어 "저요, 저요" 하고 외치는 것 같아서 기분이 묘해진다. 이 마네키네코는 콩알만 한 크기의 300엔짜리부터 제법 큰 5,000엔짜리에 이르기까지 다양한데, 방문객의 형편에 맞게 마네키네코 판매처에서 구입할 수 있다.

판매처 앞에는 허리께까지 오는 큰 키의 호랑무늬 목각 고양이가 수문장처럼 문 앞을 지키고 서 있다. 마네키네코처럼 앞발을 들지는 않았지만, 애교 없는 담담한 얼굴이 기억에 남는다. 얼마나 오랫동안 저 앞을 지키고 있었을까? 절을 찾아온 사람마다 저 얼굴을 쓰다듬었겠지. 그 숱한 손길이 저렇게 닳은 귀를 만들었겠지. 모서리가 닳아버린 귀 끝에서 목각 고양이가 버텨온 시간이 느껴진다.

고토쿠지가 본당 규모에 비해 부지 면적이 넓은 것은 부설 묘지가 있기 때문이다. 한국에서라면 도심 한복판의 대단지 묘지가 낯

설겠지만, 일본에서는 특별한 현상도 아닌 듯 절 근처에서 묘지를 숱하게 볼 수 있었다. 묘지 뒤편은 오래된 비석처럼 빛바랜 털옷을 입은 고양이가 지키고 있다. 묘지기 고양이의 근무복으로 잘 어울리는 빛깔이다. 비석 사이에 몸을 숨기고 있던 고양이는 한동안 나를 바라보다가, 뒤돌아 종종걸음으로 달아난다.

멀어지는 고양이의 뒷모습을 눈으로 뒤쫓는다. 고양이가 걸어가는 돌길 사이로, 차가운 땅에 묻힌 지 얼마 되지 않은 망자들의 안식처와, 이미 오래 전에 흙과 하나가 된 이들의 자리가 나뉜다. 그 경계는 비석의 상태로 구분된다. 예리하게 날이 선 무덤의 경계석도, 언젠가 그 옆의 비석들처럼 비바람에 닳고 이끼가 끼어 자연스러워질 날이 있겠지. 사랑하는 사람을 먼저 떠나보낸 이들의 날카로운 슬픔도, 세월에 무뎌질 때가 오겠지.

도쿄 고토쿠지豪徳寺

오다큐(小田急) 전철 오다와라(小田原) 선 고토쿠지(豪徳寺) 역 → 출구에서 정면을 바라
보면, 오른편에 맥도날드, 왼편에 고토쿠지 상점가 → 상점가 쪽으로 계속 직진(오른편
에 'DORAMA'라는 노란 간판이 보이면 맞는 방향이다) → 왼편에 로손 편의점, 오른편에 첫 번째
철길 건널목을 확인하고 계속 직진 → 두 번째 철길 건널목이 나오면 좌회전 → 긴 담
이 나오면, 담을 따라 10분 정도 걸어 고토쿠지 정문 도착(총 20분 소요)

주소 東京都 世田谷区 豪徳寺2-24-7   **전화** 03-3426-1437
관람시간 4월~9월 08:30~17:30 / 10월~3월 08:30~16:30

'야옹선생'이 봉납된 신사
이마도 진자

도쿄의 또 다른 마네키네코 발상지로 유명한 이마도 진자今戶神社에도 마네키네코와 관련한 전설이 전해진다. 가난한 할머니가 어려운 살림을 견디다 못해 그만 키우던 고양이를 내다 버리고 말았는데, 버려진 고양이가 꿈에 나타나 "내 모습과 똑같은 인형을 만들어 팔면 큰돈을 벌게 될 것"이라고 계시했다. 꿈에서 깬 할머니는 한때 고락을 함께했던 고양이를 버린 것을 참회하며 고양이 인형을 만들어 팔았고, 인형이 불티나게 팔려나간 덕분에 막대한 부를 얻었다는 것이다. 고생은 고양이가 했는데 돈은 할머니가 번다는 게 뭔가 이상하다 싶지만, 어쨌든 전해지는 이야기는 그랬다.

이마도 진자를 찾아가려면 지역 순환 버스인 기타메구린北めぐりん을 타는 게 가장 간단한 방법이다. 다이토台東 구를 중심으로 3개 노선이 운행되는 메구린めぐりん 버스는 한국의 마을버스와 비슷한 교통수단으로 탑승요금도 100엔에 불과하다. 300엔을 내고 일일 승

차권을 사면 하루 종일 추가요금 없이 이용할 수 있고, 한 차례에 한해 3개 노선 사이에서 무료 환승도 가능하다. 특히 아사쿠사浅草 역 앞에서 토자이메구린東西めぐりん으로 갈아타면, 이마도 진자 관람을 마친 뒤에 고양이 마을 야나카로 바로 이동할 수 있어서 편리하다.

아사쿠사 전철역과 인접한 마쓰야松屋 백화점 앞에서 기타메구린을 타서 네 번째 정류소인 리버사이드 스포츠센터 앞リバーサイド スポーツセンター 前에 내리면, 이마도 진자의 도리이鳥居가 눈에 들어온다. 신사 앞에는 마네키네코의 발상지라는 안내문이 있다. 고토쿠지에 비하면 초라해 보일 만큼 규모가 작지만, 엄숙한 분위기의 고토쿠지와는 또 다른 아기자기한 재미가 있는 곳이다.

보통 절이나 신사라고 하면 정숙하고 차분한 분위기를 떠올리지만 이마도 진자는 좀 다르다. 마네키네코 신사의 대중화를 꿈꾸는 적극적인 의지가 느껴진다고 할까. 어느 정도인가 하면, 신사를 관리하는 자매가 이마도 진자 블로그를 운영하고 있을 정도다. 마네키네코 봉납소 앞에 서면 흥겨운 이마도 진자 주제음악이 반복해서 흘러나오는데, 사진을 찍느라 계속 그 앞을 서성였더니 나중에는 가락을 외울 지경이 됐다.

마네키네코 봉납소 앞에는 오미쿠지おみくじ, 일본의 절이나 신사 등에서 길흉을 점치기 위해 뽑는 제비 뽑는 통 3개가 나란히 놓여 있다. 무엇이 나올지

알 수 없지만 두근거리는 마음으로 뽑게 되는 오미쿠지는, 초등학교 앞 문방구에서 흔히 볼 수 있는 캡슐토이와 닮았다. 마네키네코 발상지로 유명한 절답게, 오미쿠지 안에는 조그만 마네키네코 인형이 들어 있다.

이마도 진자의 마네키네코는 암수 한 쌍으로 되어 있는 게 이채로운데, 이곳이 결연結緣 신사, 즉 인연을 맺어주는 영험한 신사로 유명하기 때문에 그런 것이 아닐까 싶다. 그래서 이마도 진자에서 판매하는 마네키네코 모양의 오미쿠지 중에서도 유독 분홍색 마네키네코가 인기가 많단다. 분홍색 마네키네코는 사랑을 이뤄준다는 속설이 있어서다. 이 신사에서는 특별한 인연을 맺고 싶은 남녀를 위한 단체 모임도 열린다. 만약 이마도 진자에서 사귀게 된 남녀가 있다면, 마네키네코가 맺어준 운명적인 만남이 되는 셈이다.

원래는 이마도 진자의 쌍둥이 마네키네코를 만나러 간 길이었지만, 그곳에서 뜻밖의 복고양이 인형을 만나 흡족한 마음으로 돌아올 수 있었다. 미도리카와 유키綠川ゆき의 만화 『나쓰메 우인장夏目友人

帳』의 주인공 '야옹선생'이다. 『나쓰메 우인장』은 요괴를 볼 수 있는 소년 나쓰메 다카시가, 요절한 할머니 레이코의 유물인 우인장友人帳을 물려받으며 겪는 모험담을 그린 만화인데, 여기서 야옹선생은 나쓰메가 죽으면 우인장을 차지하는 대신 그전까지는 수호신 노릇을 해주기로 하면서 줄곧 등장하는 캐릭터다.

이마도 진자의 야옹선생 인형은 만화로 먼저 선보였던 『나쓰메 우인장』이 인기를 얻어 2008년 여름 애니메이션으로 제작되자, 제작진이 애니메이션의 성공을 빌며 마네키네코 신사로 유명한 이곳에 봉납한 것이라 한다. 처음에는 흰색 야옹선생만 봉납되었지만, 또 다른 에피소드에 등장하는 검은색 야옹선생이 추가로 봉납되어 이마도 진자에는 한 쌍의 야옹선생이 있다. 야옹선생이 마력을 발휘했는지, 애니메이션 판 「나쓰메 우인장」은 2009년 현재 시즌 2까

지 제작된 상태다. 만화와 애니메이션의 인기로 팬들의 방문이 잦아지자, 이마도 진자에서는 발 빠르게 "나는 '야옹선생'이 너무 좋아요!" 등의 글귀가 적힌 기념엽서를 만들어 판매하고 있다.

의뭉스럽게 실눈을 뜬 야옹선생은 본래 엄청난 파괴력을 지닌 요괴 '마다라'지만, 마네키네코 인형 속에 봉인되는 바람에 평소에는 뚱뚱하고 못생긴 고양이 모습을 하고 있다. 나쓰메와 계약동거를 시작한 야옹선생의 성격은 딱 고양이다운데, 나쓰메가 요괴에게 습격을 받을 때마다 "이번에 잡아먹혔으면 좋았잖아!" 하고 툴툴거리면서도, 내심 나쓰메를 걱정하고 좋아하는 다정한 면도 있다는 점에서 그러하다.

요괴 이야기가 나오기는 하지만 『나쓰메 우인장』은 공포물이라 기보다는 성장 만화이자 치유계 만화에 가깝다. 주된 줄거리는 사람이 사람에게 입은 상처와 치유에 관한 이야기이기 때문이다. 어린 시절부터 상처받지 않기 위해, 남에게 피해를 주지 않기 위해 마음을 닫고 지냈던 나쓰메는 요괴들의 구구절절한 사연을 해결해주면서, 때론 악한 요괴를 물리치기 위해 싸우면서 외부 세계와 교류하게 되고, 요괴를 보는 능력이 없어지기를 바랐던 마음도 조금씩 변해간다. 한때는 남들과 다른 자신의 능력을 치명적인 결함으로 여겼지만, 그런 능력 역시 자신의 일부라는 걸 깨닫고 인정하게 되는 것이다.

　　아직 만화가 완결되지 않았으니 결말은 알 수 없지만, 나쓰메는 아마 요괴를 볼 수 있다는 것 때문에 어려움을 겪을지언정 더 이상 남과 다르다는 이유로 괴로워하지는 않을 것 같다. 요괴를 해방시키는 과정에서, 자신의 내면에서 빛나는 가치를 발견했기 때문이다. 그 힘은 남과 다른 존재인 자신을 부정하지 않고 받아들이는 자기 확신에서 나온다. 엄청난 파괴력을 가진 야옹선생이, 나쓰메를 힘으로 간단히 제압하는 대신 번거롭기 짝이 없는 계약을 한 것도

나쓰메의 내면에 자리 잡은 그 힘을 보았기 때문이다. 역시 야옹선생은 그냥 평범한 고양이가 아니라, 예리한 눈을 가진 '선생님'이셨다.

도쿄 이마도 진자今戸神社

긴자(銀座) 선 아사쿠사(浅草) 역 7번 출구→마쓰야(松屋) 백화점→기타메구린(北めぐり
ん) 버스 탑승 →네 번째 정류소인 리버사이드 스포츠센터 앞(リバーサイドスポーツセン
ター前)에서 하차→ 100미터쯤 직진하면 왼편에 이마도 진자(今戸神社)

홈페이지 http://www.tctv.ne.jp/imado-8　**주소** 東京都 台東区 今戸1-5-22
전화 03-3872-2703　**관람시간** 09:00~17:00　**관람료** 없음

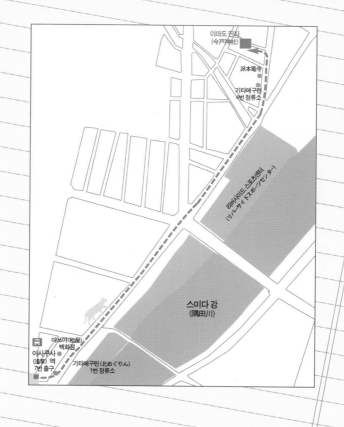

住吉大社

初辰まいり

十二月六日

商売発達

家内安全

みのりある三社参り

種貸社
（たねかしじゃ）
願いの元種

楠珺社
（なんくんじゃ）
願いのみのり

大歳社
（おおとしじゃ）
願いの収穫

浅澤社
（あさざわじゃ）
芸道上達　女性守護神

① 一粒の稲種
　←みのりの
② 稲穂
　　←収穫
③ 神米
　　←収穫

「一粒万倍の祈り」

交通機関
南海本線　住吉大社駅
南海高野線　住吉東駅
阪堺線　住吉公園・住吉鳥居前駅
各駅下車す。

初辰（発達）まいりは古く大阪に伝わるお祭りです。

初辰まいり当日（毎月の初辰の日）まず、物事の元を司る種貸社で「稲種」を戴き願いこめます。

次に物事の発達を司る楠珺社に詣で「稲穂」と換え、次に願いの収穫を司る大歳社で「神米」を戴いて下さい。

この「神米」は初辰日、又は一粒万倍の日に食して下さい。

「一粒万倍の祈り」

一粒がたくさんに増えるという信仰です。どんな小さな願い事でも初辰まいりにご参拝の上ご利益を戴いて下さい。

浅澤社へも御参り下さい。

마네키네코 48개로 꿈을 이루다
스미요시 다이샤

월요일 오전, 출근시간을 한참 넘긴 전철은 한산하다. 내가 탄 객차에도 사람이 거의 없다. 이 정도면 열차의 이쪽 칸에서 저쪽 칸까지 텀블링을 하며 이동해도 도중에 걸릴 게 없을 것 같다. 사람들이 주로 타는 쾌속이나 급행열차가 아닌, 모든 역마다 정차하는 각역정차 열차여서 더 그런지도 모르겠다.

스미요시 다이샤住吉大社 역은 각역 정차 열차로만 갈 수 있다. 쾌속열차나 급행열차가 멈추지 않는 곳도 각역 정차 열차는 꼬박꼬박 멈춘다. 느리지만 이 열차가 없어지지 않고 계속 운행되는 건 그 때문일 것이다. 때론 빠른 것보다 느린 것이 필요할 때도 있는 법. 오사카에서 가장 한가롭게 운행되는 전차를 타야만 찾아갈 수 있는 곳이 바로 스미요시 다이샤다.

스미요시 다이샤에는 초진일初辰日, 즉 매달 첫 번째 돌아오는 용의 날에 마네키네코를 구입하면 소원이 이루어진다고 믿는 핫타쓰마이리初辰まいり의 전통이 있다. 용의 날이라고 하니, 어렸을 때 집에

걸었던 일력日曆이 생각난다. 호두과자 포장지처럼 얇고 하늘거리는 미농지에 숫자가 커다랗게 적힌 일력에는, 날마다 달라지는 조그만 동물 그림이 그려져 있었다. 신기해서 이 그림은 왜 그려져 있느냐고 여쭤보니, 어머니는 날짜에도 열두 띠 동물이 있다고 가르쳐주셨다. 매년 해가 바뀔 때마다 자·축·인·묘·진·사·오·미·신·유·술·해의 열두 띠 동물 중 하나가 순서대로 배속되는 것처럼, 날짜 역시 그렇다는 것이다. 내가 본 일력에 용이 그려졌던 날짜가 바로 용의 날, 진일辰日이었다.

예로부터 '물의 도시'로 불렸던 오사카였기에 바다를 수호하는 용을 신성하게 여겼고, 그 용의 힘을 빌려 선원들의 안전을 기원했던 전통이 오늘날 사업 번창을 비는 풍습으로 이어진 것이다. 3세기경 건립된 스미요시 다이샤는 일본의 신사 건축 양식인 스미요시

즈쿠리住吉造의 전형을 보여주는 곳으로, 일본 국보로 지정된 사적이
기도 하다.

　스미요시 다이샤를 찾아온 사람들은 소원을 빌며 경내의 말사末寺
를 순서대로 참배한다. 다네카시샤種貸社, 난쿤샤楠珺社, 오오토시샤大
歲社, 아사자와샤淺沢社 등 네 곳의 신사 중에 마네키네코를 판매하는
곳은 난쿤샤인데, 난쿤샤 앞을 수호정령처럼 지키고 있는 거대한
녹나무의 수령은 1천 년이 넘는다고 한다. 고개를 들어 올려다보
니, 난쿤샤 위를 지붕처럼 덮은 거대한 나무의 위용에 압도될 지경
이다. 신탁을 내리지도, 인간의 소원에 반응하지도 못하는 오래된
나무가 인간들 사이에서 신령스러운 존재로 숭배될 수 있었던 건,
평범한 인간의 경험으로는 상상할 수 없는 시간의 무게를 온몸으로
견뎌온 존재이기 때문이다. 아무리 무병장수한다 해도 평범한 인간

이 100년 이상 살기란 힘들 것이 분명하니, 인간에게 주어진 시간의 10배도 넘는 세월을 묵묵히 견뎌온 나무에 대한 경외감은 그만큼 커질 수밖에 없다.

녹나무 아래 작은 갈색 버섯처럼 웅크린 난쿤샤에서는 홀수 달에 '가내안전'을 상징하는 왼손 든 마네키네코를, 짝수 달에 '상업발달'을 기원하는 오른손 든 마네키네코를 판매한다. 매달 용의 날에 스미요시 다이샤를 찾아, 마침내 4년째 되는 달 48개의 마네키네코를 모았을 때 다시 가져오면 만원성취滿願成就라고 하여, 큰 마네키네코 1개로 교환해준다. 48진四+八辰과 '언제나 발달한다'는 뜻의 단어 시주핫타쓰始終発達가 발음이 비슷하기 때문에 이런 풍습이 생겨났다고 한다.

용의 날은 아니었지만, 스미요시 다이샤를 방문한 기념으로 난쿤샤에서 마네키네코를 산다. 홀수 달이니까 왼손을 든 마네키네코를 사야 맞겠지만, 짝을 맞추고 싶어서 굳이 한 쌍을 함께 산다. 홀로 난쿤샤를 지키는 할머니는 외국인 여행자에게 이곳의 의미를 조금이라도 설명하고 싶었던지, 영어로 된 소책자를 펼쳐 여기저기 짚어가며 설명해주신다. 할머니도 나도 영어가 짧기는 마찬가지여서 오히려 뜻이 대충 통한다. 할머니의 손끝은 '이나리' 항목을 짚고 있다. 그렇지 않아도 교토의 후시미 이나리 신사를 가볼 참이었다. 마네키네코의 원조인 마네키기쓰네招き狐의 원류가 그곳에 있어서다.

난쿤샤 내부를 한 바퀴 둘러보고 나가려던 나를 할머니가 불러 세우더니, 잘 익은 사과 한 개를 손에 쥐여 준다. 느닷없는 선물에

잠깐 당황했다가 웃으며 받아든다. 자국인도 아닌 젊은 외국인이 자기 나라의 전통에 관심을 갖는 모습이 기특해 보였던 걸까. 사과 하나에 담긴 할머니의 마음이 고마워 꾸벅 인사하고 돌아 나온다.

스미요시 다이샤에서 새삼 시간의 힘을 생각한다. 4년 동안 매달 마네키네코 인형을 사며 한결같은 마음으로 소원을 빌어 그것이 이뤄졌다면, 마네키네코의 영험함 덕이라기보다는 소원을 이루려고 노력했던 시간의 힘 덕분이 아닐까. 다만 마네키네코는 그 과정에서 꿈을 놓지 않도록 자극하는 계기가 되었을 뿐이겠다.

복고양이를 모시는 신사에서 고양이를 만나지 못하고 돌아간다면 어쩐지 서운하다고 생각했는데, 기다렸다는 듯 나타난 젖소무늬 길고양이와 마주쳤다. 나뭇잎 뒤에 숨어 눈치를 보던 고양이는 나와 눈이 딱 마주치자 흠칫 놀라 구석진 곳을 향해 달아난다. 그때 15킬로그램쯤 됨직한 배낭, 20인치 트렁크, 카메라 가방 같은 잡다한 짐을 들고 있었는데, 아무래도 그걸 바리바리 메고 끌며 길고양이를 쫓아갈 만한 상황은 아니었다. 공항으로 가던 길에 잠시 들른 거라 코인로커에 짐을 맡길 생각도 못한 터였다. 그래도 3초쯤 고민하다가 결국 트렁크는 길에 세워두고, 귀중품이 든 배낭만 메고 젖소무늬 고양이를 따라 뛰었다.

낙엽 쌓인 앞뜰을 가로질러 후다닥 달아난 고양이는 잠시 뜸을 들였다가, 몸을 숨겼던 돌 기단 너머로 얼굴을 빼꼼 내민다. 5대5 가르마를 단정하게 탄 얼굴에 호박색 눈동자가 반짝 빛난다. 안테

나처럼 귀를 쫑긋 세우고 한쪽 눈만 살그머니 내민 모습이 고양이의 미묘한 심리를 보여주는 것 같아 귀엽다. 내가 무섭기는 하지만, 한편으로는 궁금하기도 한 것이다. 저 인간은 나를 왜 따라왔을까, 이제는 나가도 될까.

고양이는 호기심과 두려움 사이에서 아슬아슬 줄타기를 한다. 해치지 않는다고, 잠깐 너를 찍고 싶은 것뿐이라고 고양이에게 설명할 수 없으니, 자리를 떠나는 것으로 안심시켜 줄 수밖에. 여전히 경계를 늦추지 않는 젖소무늬 고양이를 뒤로하고 스미요시 다이샤를 떠난다.

오사카 스미요시 다이샤住吉大社

난카이혼(南海本) 선 스미요시 다이샤(住吉大社) 역에서 한카이 (阪堺) 선 노면전차가 다니는 건널목을 건너 바로 정면에 있다(도보 3분).

홈페이지 http://www.sumiyoshitaisha.net   **주소** 大阪府 大阪市 住吉区 住吉2-9-89
전화 06-6672-0753   **관람시간** 09:00~17:00   **관람료** 없음

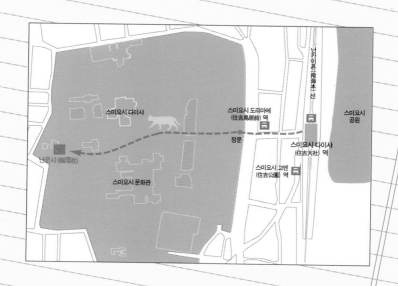

일본 토종 고양이와
고양이 요괴 네코마타

'어, 저 고양이는 꼬리가 잘린 건가?'
요코하마 고양이 미술관 앞에서 꼬리 짧은 고양이와 마주쳤을 때, 처음엔 사고를 당해서 꼬리를 다친 건가 생각했다. 길고 빳빳한 꼬리가 있어야 할 자리에는, 꼬리라고 주장하기엔 좀 민망한 털 뭉치가 달랑달랑. 꼭 겨울 모자에 달린 털실 방울 같다. 혹시 저건 일본 토종 고양이 재패니즈 봅테일(Japanese Bobtail)이 아닐까? 생긴 건 여느 삼색 고양이와 다를 바 없지만, 유독 꼬리만 토끼처럼 짧은 걸로 봐선 아무래도 그런 것 같다.

내 소원 목록 중에는 '여행 중에 그 나라의 토종 고양이를 만나는 일'이 있다. 이를테면 후끈 달아오른 태국 거리를 나른하게 걷는 샴 고양이를 만난다든가, 노르웨이의 숲을 가로지르는 숲고양이, 영국령 맨 섬의 항구 근처를 어슬렁거리는 꼬리 짧은 맹크스 고양이라면 더 좋겠다. 하지만 펫숍에서 만난다면 의미가 없으니까, 꼭 거리에서 만나야 한다. 그 나라의 토종 고양이들이 거리에 적응해

살아가는 모습은 어떤지 궁금하기 때문이다. 그런데 운 좋게도 요코하마에서 일본 토종 고양이를 만난 것이다.

일본에 고양이가 유입된 것은 6세기 중반 무렵 일본으로 불교가 전파되면서부터라고 한다. 귀중한 불교 경전을 쥐가 쏠아먹는 불상사가 생기지 않도록 고양이를 파수꾼 삼아 함께 들여왔다는 설이 유력하다. 고양이가 진귀한 동물 대접을 받았던 당시에는 개체 수가 많지 않아 근친교배로 인한 꼬리 짧은 고양이가 늘어났고, 그 때문에 오늘날과 같은 모습의 일본 토종 고양이가 생겨났다고 한다.

재패니즈 봅테일의 짧은 꼬리도 귀엽긴 하지만, 여느 고양이들처럼 꼬리를 다양한 용도로 활용하긴 어려울 것 같다. 고양이 꼬리는 단순히 장식용으로 달린 게 아니다. 고양이가 아무 소리를 내지 않을 때도, 꼬리는 상대방에게 무언의 신호를 보낸다. 고양이가 꼬리를 깃발처럼 빳빳하게 쳐들고 메트로놈처럼 절도 있게 휘휘 흔들며 다가오면 기분이 좋다는 뜻이다. 꼬리를 엉덩이 아래로 말고 의기소침한 자세를 취하면 겁먹었다는 표시이고, 꼬리를 뱀처럼 사람 다리에 휘감거나 먼지떨이처럼 탁탁 치면 반갑다는 얘기다. 광대가 긴 막대를 들고 균형을 잡는 것처럼, 고양이는 꼬리로 균형을 잡는다. 평균대처럼 좁고 높은 담벼락 위에서도 고양이가 성큼성큼 걸을 수 있는 건 꼬리 덕분이다.

자신에게는 없는 동물의 꼬리를 유심히 지켜본 사람들은, 전설이나 민담 등을 통해 꼬리에 상징적인 의미를 부여해왔다. 일본에서도 고양이가 나이를 많이 먹어 영물이 되면, 꼬리가 둘로 갈라지면서 고양이 요괴 네코마타(猫又)가 된다고 믿었다. 특히 검은 고양이가 네코마타로 변신하면 가장 파괴력이 큰 것으로 여겼다고 한다.

요코하마 고양이 미술관에 전시된 에도 시대의 우키요에를 보면, 먼 옛날 일본인이 네코마타의 모습을 어떻게 상상했는지 알 수 있다. 그림 하단부에 춤추는 고양이들을 자세히 보면 두 개의 꼬리가 보이는데, 전설 속의 네코마타를 그린 것이다. 처음 그림을 보았을 땐, 꼬리 둘 달린 고양이가 무엇을 의미하는지 몰라서 '춤추는 고양이 요괴들인가 보네' 하고 지나쳤다. 하지만 배경을 알고 나서 그림을 다시 보니 느낌이 새롭다. 생각해보면 일본에서 재패니즈 봅테일이 사랑받았던 건, 어쩌면 네코마타로 변신할 확률이 가장 적을 거라고 생각했기 때문인지도 모르겠다. 꼬리가 너무 짧아서 두 갈래로 갈라지기도 어려울 테니까.

복여우의 비밀과
후시미 이나리 다이샤

저마다 '여기가 마네키네코의 발상지'라고 강조하는 몇몇 사찰과 신사와는 달리, 독특한 전설을 주장하는 곳이 있다. 마네키네코 이전에 복을 부르는 여우, 즉 마네키기쓰네招き狐가 먼저 존재하여 사람들의 소원을 들어주었다는 이야기다. 교토에 위치한 후시미 이나리 다이샤伏見稲荷大社에는 아직도 이 마네키기쓰네의 흔적이 남아 있다. 단풍놀이가 절정에 달한 11월, 복여우의 전설이 서린 후시미 이나리 다이샤를 찾아간다. 경내에는 단풍을 보러 온 관광객과 시치고산七五三, 일본의 전통 명절로, 남자 아이가 세 살·다섯 살, 여자 아이가 세 살·일곱 살 되는 해의 11월 15일에 아이의 무사한 성장을 신사 등에서 감사하고 축하하는 행사을 맞아 기모노를 곱게 차려입은 아이들로 가득하다.

후시미 이나리 다이샤는 벼농사를 관장하는 농업의 신이자, 서민들이 숭배했던 복신福神 이나리稲荷를 모시는 이나리 신사의 총본산이다. 일본에서도 역사가 오래되고 규모가 큰 신사 중 하나로 손꼽히는 곳이기도 하다. 아직 마네키네코 인형이 존재하지 않았던 먼

옛날, 일본에서는 이나리 신의 가호로 모든 일이 번창하기를 빌며 이나리의 권속眷屬인 흰 여우를 본떠 마네키기쓰네를 만들고, 집집마다 가게마다 행운의 상징으로 비치했다고 한다. 그러나 신성한 동물인 여우의 형상을 만들어 팔지 못하도록 나라에서 금지령을 내리자, 궁지에 몰린 상인들이 마네키기쓰네의 대체품으로 고안한 것이 여우와 비슷하게 생긴 복고양이 인형, 즉 마네키네코였다.

날카로운 역삼각형 얼굴의 여우보다 동글동글 복스럽게 생겨서인지, 아니면 더 이상 제작을 금지할 빌미가 없었던 고양이 모습이었기 때문인지, 마네키네코는 마네키기쓰네보다 후발주자였음에도 불구하고 행운의 상징 자리를 꿰차게 되었다. 때문에 복을 가져다주는 상징물이었던 마네키기쓰네의 입지는 세월이 흐르면서 점차 약해졌다.

그러나 적어도 후시미 이나리 다이샤 근처에서만큼은 마네키기 쓰네의 인기가 여전하다. 맛깔스럽게 생긴 여우 모양 단팥빵이나 여우 센베 같은 오미야게お土産, 지역 토산품를 비롯해, 여우 인형, 여우 가면 등이 후시미 이나리 다이샤로 가는 기념품 가게에 가득 진열되어 관광객의 간택을 기다린다.

마네키네코 발상지는 대부분 입장료 없이 관람이 가능한데, 이곳도 마찬가지다. 영화 「게이샤의 추억」에 등장하는 주인공 소녀가 강렬한 빛깔의 붉은 터널 속으로 뛰어가는 장면에서 배경으로 등장했던 센본도리이千本鳥居도 이곳에 있는데, 헤아릴 수 없을 만큼 많은 도리이鳥居가 촘촘하게 세워져 있어 센본도리이라고 부른다. 도리이 기둥의 앞면에는 글씨가 없지만, 뒷면에서는 사업 번창을 기원

하며 기부자의 이름이나 회사명을 검은 글씨로 가득 적어 넣은 것을 볼 수 있다. 일본어를 모르는 외국인에게는 기이한 무늬처럼 느껴질 수도 있을 센본도리이의 한자는, 오래 전부터 원시적인 광고판 역할을 해온 셈이다. 후시미 이나리 다이샤의 센본도리이를 찾아온 사람이라면 누구나 그 기증자의 이름을 보게 되니 말이다.

센본도리이가 시작되는 입구의 양 옆을 지키고 선 동물 조각이 바로 이곳의 주인공인 여우다. 예전부터 일본에서는 여우가 곡식의 신을 보필하는 동물로 신성시되었다고 하는데, 그래서 여우가 입에 물고 있는 풀줄기도 농업과 풍요를 상징하는 벼이삭이다. 이나리가 지키고 선 문을 지나면 도리이가 겹겹이 이어진 두 곳의 통로가 있다.

1차로 센본도리이를 통과하면 보이는 에마 봉납 장소에서 눈길을 끄는 건 사람들이 소원을 비는 데 쓰는 에마의 모습이다. 보통 에마는 집 모양을 닮은 오각형이 대부분이지만, 후시미 이나리 다이샤에서는 하얗게 칠한 역삼각형 에마를 판다. 얼굴이 뾰족한 흰 여우의 얼굴을 흉내 낸 것이다. 빨간 귀와 까만 눈썹 말고는 아무것도 그려져 있지 않은 에마에 여우의 표정을 마음대로 그려 넣고, 뒷면에는 소원을 적어 넣을 수 있게 되어 있다.

수백 개의 에마가 주렁주렁 매달린 벽을 따라 돌면서 흰 여우의 표정을 구경해본다. 진지하게 소원만 적은 것은 거의 찾아볼 수 없고, 하나같이 만화 속 등장인물처럼 익살스러운 표정들이다. 먼 옛날 이나리 신사를 찾았던 사람들은 엄숙한 마음으로 이나리 신에게 소원을 빌었겠지만, 요즘 사람들은 그런 전통도 가볍게 즐길 수 있는 문화로 바꾸어 놓는다. 그러나 골방 속에 갇힌 전통보다 사람들이 공감할 수 있는 모습으로 변신하는 것도 나쁘지 않다. 마네키기 쓰네를 닮은 에마의 모습도 그런 의미에서 바뀌어왔으리라. 변신의 귀재인 여우가 둔갑술을 펼쳐 사람들 사이로 스며든 것처럼.

교토 후시미 이나리 다이샤伏見稲荷大社

JR나라(奈良) 선 이나리(稲荷) 역 출구에서 좌회전→료칸(旅館玉家)과 약국(すずろ薬局)
샛길로 직진(도보 2분)
여우 모양 에마를 봉납하는 곳(奥社)은 센본도리이(千本鳥居)를 통과하다 보면 나온다.

홈페이지 http://inari.jp   **주소** 京都市 伏見区 深草薮之内町68   **전화** 075-641-7331
관람시간 08:30~16:30   **관람료** 없음

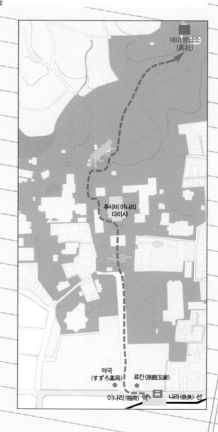

마네키네코 축제가 열리는 거리
오카게요코초

애묘 문화가 발달한 일본에서도 고양이에 대한 미신은 존재한다. 오래 산 고양이에게 영묘한 힘이 생겨 고양이 요괴 네코마타猫又로 변신한다는 속설이 그 대표적인 예다. 때문에 과거 일부 사람들은 고양이가 네코마타로 변신하지 못하도록 아예 꼬리를 짧게 자르기도 했다니, 미신 때문에 고양이가 겪는 수난이란 시대와 국가를 초월해 존재해온 모양이다.

한국에서도 고양이의 습성을 이해하지 못해 생겨난 '고양이의 복수' 이야기가 있다. 길고양이가 불쌍해 먹을 것을 줬더니, 며칠 뒤 집 앞에 죽은 쥐를 갖다놓아 배신감을 느꼈다는 이야기다. 길고양이의 입장에서는 먹을 것을 받았으니 자신도 소중한 것을 준 것이라는 일종의 보은인 셈인데, "잘 지내보자"는 뜻으로 건넨 그 선물이 사람에게는 혐오스러울 뿐이니 '고양이가 해코지를 한다'는 오해를 살 수밖에. 사람과 고양이가 서로 의사소통을 하지 못해 일어나는 오해는 안타깝다.

한때 요물로 인식되기도 했던 고양이가 복을 불러오는 동물로 위상을 재정립할 수 있었던 건 마네키네코 인형의 힘이 컸다. 이는 앞발을 치켜든 고양이 인형이 돈과 손님을 불러온다는 설정을 상인들이 잽싸게 이용했기 때문이다. 처음 의도가 어떠했든 간에, 긍정적인 메시지를 담은 고양이 형상이 널리 퍼지면서 요물로서의 고양이 이미지도 서서히 사라져갔을 것이다. 이러한 복고양이 인형들은 오늘날의 캐릭터 인형 같은 개념이 존재하지 않던 시절, 긍정적인 고양이 이미지를 전파시킨 일등 공신이었다. 그 원형이 여러 모습으로 변주되어 오늘날까지 이어져 내려온 셈이다.

가능하면 긍정적으로 묘사된 고양이 인형이 단순히 상품으로 소비되는 단계를 넘어, 많은 사람들이 어우러지는 축제의 소재로 도입된 사례를 찾아보고 싶었다. 일본의 미에三重 현 이세伊勢 시에 위치한 오카게요코초おかげ横丁에 그런 사례가 있다.

오카게요코초는 에도 시대의 목조 건물을 재현한 상가 거리다. 이세 진구伊勢神宮 앞에서 꾸준히 장사하면서 먹고살 수 있게 된 것이 모두 이세 님 덕분이라는 감사의 뜻을 담아 생겨난 거리 이름이 오카게요코초다. 이름부터 감사의 마음이 넘쳐나는 이곳에서 특별히 더 큰 감사를 표하는 대상이 있으니, 바로 마네키네코다.

일본의 고양이 애호가들에게 오카게요코초가 특별한 이유는, 매년 9월 29일을 전후해 이곳에서 특별한 축제가 열리기 때문이다. 마네키네코 축제인 '구루후쿠 마네키네코 마쓰리来る福招き猫まつり'가

그것이다. 9월 29일은 일본 마네키네코 클럽에서 1995년 제정한 마네키네코의 날로서, 밤낮 가리지 않고 앞발을 흔들며 복을 불러 모아준 고양이들을 위해 1년에 하루쯤 감사를 표해야 하지 않겠느냐는 발상에서 시작되었다고 한다. 9월 29일이 마네키네코의 날이 된 것은, 이 날짜의 발음이 '구니주쿠くにじゅく'로 '구루후쿠くるふく'와 유사하고, 두 앞발을 치켜들어 오른발로는 돈을, 왼발로는 손님을 부르는 마네키네코의 모습과 숫자 9-2-9의 모양이 닮았기 때문이란다. 가만히 보면 9의 모양이 손가락을 말아 쥔 고양이와 비슷하지 않은가. 숫자 2는 일본어로는 '니に'로 읽는데, 숫자 2가 세 개씩이나 연이어 있는 2월 22일의 독음 '니니니にに'가 고양이의 울음소리 '냐냐냐にゃにゃにゃ'와 비슷하게 들리는 까닭에, 이 날짜가 고양

이의 날을 뜻하게 되었고 2는 고양이를
상징하는 숫자가 되었다고 한다.

구루후쿠 마네키네코 마쓰리에
서는 매년 다채로운 행사가 개최된
다. 마네키네코 인형을 모신 가마
를 멘 사람들이 고양이 분장을 하고
축제 행렬을 펼치는 것을 비롯해, 마네
키네코 인형 작가의 창작 인형 전시, 마네키네
코 만들기 교실을 열고, 일반인을 대상으로 한 나만의 마네키네코
디자인 수상작을 전시한다. 오카게요코초를 방문한 시점이 11월
말이어서 9월 말에 열린 마네키네코 축제를 직접 보진 못하고 관련
자료만 확인하는 데 그쳤지만, 축제가 없는 날에도 오카게요코초를
찾는 사람들의 눈을 즐겁게 하는 곳이 있으니 마네키네코 축제를
보러 온 사람들이 모여드는 가게, 마네후쿠테이招福亭다.

평상 위에 누워 햇볕을 쬐는 길고양이 조각이 인상적인 이 가게
에서는 1,000종이 넘는 일본 각지의 마네키네코를 총망라해 전
시 · 판매한다. 일반 관광객을 위한 염가 기념품 판매와 더불어, 여
느 마네키네코 가게에서는 볼 수 없는 고양이 전문 작가들의 정교
한 수공예 인형도 함께 전시하고 있어 전시장 기능도 겸한다. 이곳
에서 지역별로 모습이 다른 일본 마네키네코의 유형을 일별하는
것도 색다른 즐거움이다. 가게 내부뿐만 아니라 근처에도 고양이
조형물이 곳곳에 있어 흥미롭다.

    이러한 마네키네코 축제는 오카게요코초뿐만 아니라 아이치愛知
현 세토瀬戸 시에서도 매년 열리고 있다 한다. 세토 시의 축제 역시
다양한 부대행사가 함께 펼쳐짐은 물론이다.

    오카게요코초에서 돌아오던 날, 한국에도 고양이의 날이 생겼으
면 좋겠다고 생각했다. 달력에만 존재하는 죽은 기념일이 아니라,
하루쯤 고양이를 위해 작은 실천을 할 수 있는 그런 날. 1년에 단 하
루만이라도 고양이를 좋아하는 사람들이 모여, 고양이의 생명을 생
각하는 축제의 장을 마련했으면 싶다. 고양이의 날에는 축제를 만
드는 사람도, 구경하러 오는 사람도 모두 즐거운 마음으로 모이지
만, 돌아갈 때는 고양이의 생명에 대한 묵직한 생각거리를 하나씩
가져갈 수 있다면 좋겠다는 마음으로.

이세 시 오카게요코초 おかげ横丁

긴테쓰(近鉄) 우에혼마치(上本町) 역 특급전철 탑승→이세시(伊勢市) 역 하차(1시간 50분 소요)→나이쿠(內宮)행 버스 탑승(51번 또는 55번, 15분 소요)→진구카이칸마에(神宮会館前) 정류소 하차→조금 직진하다 좌회전(도보 2분)

★ tip!

• 긴테쓰 레일패스(Kintetsu Rail Pass, 3,500엔)를 구입해야 오사카에서 이동할 때 교통비를 절약할 수 있다.
• 마네키네코 축제는 '마네키네코의 날'인 9월 29일과 가장 가까운 주말에 열린다 (정확한 일정은 매년 홈페이지에 공지).

홈페이지 http://www.okageyokocho.jp/shop/manekineko.html
주소 三重県 伊勢市 宇治中之切町52 吉兆招福亭 **전화** 0596-23-8838
영업시간 4월~9월 09:30~18:00 / 10월~3월 09:30~17:00 **관람료** 없음

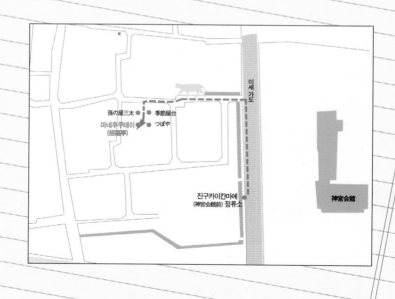

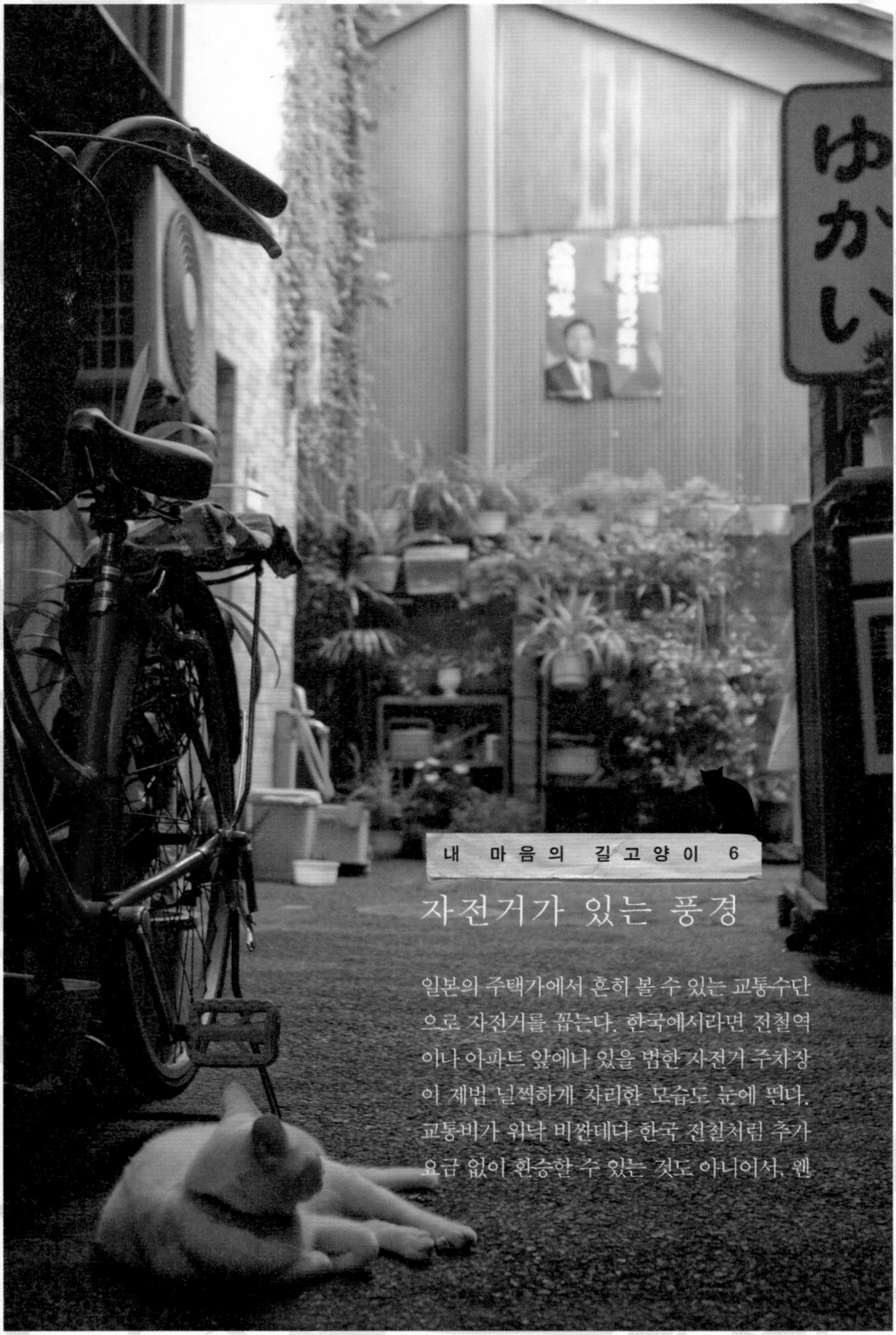

내 마음의 길고양이 6

자전거가 있는 풍경

일본의 주택가에서 흔히 볼 수 있는 교통수단으로 자전거를 꼽는다. 한국에서라면 전철역이나 아파트 앞에나 있을 법한 자전거 주차장이 제법 널찍하게 자리한 모습도 눈에 띈다. 교통비가 워낙 비싼데다 한국 전철처럼 추가 요금 없이 환승할 수 있는 것도 아니어서, 웬

만한 거리는 자전거로 이동하는 게 교통비를 아끼는 방법인 까닭이다.

길고양이를 찾아 골목으로 들어가다 보면, 자전거 앞에 한가로이 몸을 누인 고양이와 종종 마주치게 된다. 뼈대만 앙상한 자전거에 기댈 구석이 어디 있다고 고양이가 모여들까, 자동차처럼 듬직한 그늘을 만들어주는 것도 아닌데. 한데 몇 차례 그런 일이 반복되다 보니 한 가지 심증이 생겼다. 길고양이의 입장에서는 먹이 사냥을 하느라 길에서 시간을 헛되이 흘려보내기보다, 먹이를 구할 확률이 높은 곳에 머무는 편이 좋을 것이다. 어쩌면 자전거 근처가 그런 장소 아닐까.

고양이는 처음에는 자전거 근처를 어슬렁거리며 자전거 주인이 고양이를 싫어하는지 좋아하는지, 간을 보았을 것이다. 며칠간의 관찰 끝에 운 좋게 애묘가의 자전거를 발견한다면 그걸로 게임 끝. 길고양이가 그윽한 눈으로 올려다보기만 해도, 인간은 흐뭇해하며 자발적으로 맛있는 음식을 갖다 줄 테니까. 자동차 밑이 고양이의 은신처라면, 자전거 주차장은 길고양이가 적극적으로 인간과 눈을 맞추며 자기 존재를 알리는 무대다. 자전거 앞에서 만난 고양이들이 유독 인간에게 살가운 것도, 자전거 임자와 고양이가 오랫동안 다져온 믿음이 있기 때문이다.

"이거 매번 신세만 져서 미안한데. 세차까진 못해도 자전거 지킴이쯤은 해 줄게."

사람들이 오가든 말든 자전거 곁을 떠나지 않는 고양이는, 밥값을 하겠다고 온몸으로 주장하고 있었던 게 아닐까. 자존심 강한 고양이라면 충분히 그럴 수 있을 것 같다. 지킴이 치고는 태도가 너무 느슨하긴 하지만. 그러니 도쿄를 여행할 때

면, 사람 많은 관광지만 구경하기보다 한 번
쯤 골목을 걸어보시길. 자전거 지킴이를 자
처하는 고양이와 눈인사를 나눌 기회가 생
길지도 모르니까.

고양이,
일상에 스며들다

일본의 일상 속으로 스며든 고양이 문화는 흥미롭다. 대형서점 서가 한 자리를 당당히
차지한 고양이 화보집이나 애묘인을 대상으로 한 고양이 놀이방이 성행하는 것은 물론,
매년 헌책방 광고모델로 활동하는 고양이도 있다. 심지어 터부의 상징인 검은 고양이가
대형 운수회사의 로고로 쓰이기도 한다. 보면 볼수록 빠져드는 고양이의 매력.

엄마고양이 마음으로 배달해요
구로네코 야마토

"택배는 고양이다宅配は. ネコである." 일본의 유명 택배회사인 구로네코 야마토クロネコヤマト의 광고 문구다. 1957년에 만들어진 이 회사의 로고는 까만 엄마고양이가 역시 자기처럼 까만 새끼고양이의 목덜미를 물고 싱긋 웃는 모습이다. "엄마고양이가 새끼고양이를 옮길 때처럼, 고객님의 물건을 조심조심 안전하게 배달해드리겠습니다" 하는 다짐이 유쾌하게 표현되어 있다.

일본에서도 검은 고양이에 대한 부정적인 이미지가 있을 법한데, 구로네코 야마토는 오히려 고양이의 이미지를 적극적으로 활용해 회사 이미지를 친근하게 각인시켰다. 일례로 미야자키 하야오 감독의 1989년 작「마녀 배달부 키키魔女の宅急便」는 구로네코 야마토 택배의 협찬으로 제작되었는데, 물건을 배달하는 마녀와 함께 있는 검은 고양이 지지가 자연스럽게 구로네코 야마토 로고를 연상시킨다.

구로네코 야마토 택배의 텔레비전 광고 역시 귀여운 검은 고양이 택배 트럭이 등장하는 대표적인 사례다. 이 광고 시리즈에는 살랑

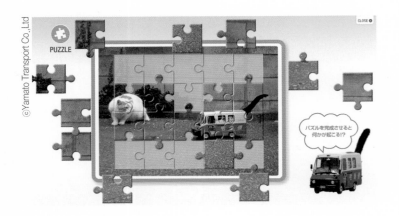

살랑 움직이는 검은 고양이 꼬리를 단 택배 차가 주인공으로 등장해 배달을 다니며 모험을 펼친다. 몸집도 딱 고양이만 한 크기여서 더욱 귀엽다. 열심히 달려가는 고양이 택배 차를 본 동네 길고양이들이 "쟤는 뭐냐?" 하는 떨떠름한 표정으로 쳐다보는 장면이나, 회사원 아가씨가 쓰다듬어주는 손길에 기분이 좋아져서 긴 꼬리를 탁탁 치는 모습, 개를 만나 도망가다가 그만 개천에 빠지고 마는 고양이 택배의 엉뚱함에는 웃을 수밖에 없다. 아마 이 광고를 만든 사람은 고양이를 키워 본 경험이 있거나, 고양이의 습성에 대해 열심히 연구한 모양이다.

구로네코 야마토에서는 택배회사 공식 홈페이지 외에도 친근감 있는 홍보 사이트www.takuhaiwaneko.jp를 운영하고 있는데, 택배사의 아이콘인 검은 고양이 택배가 등장하는 퍼즐, 시리토리しりとり, 끝말잇기, 전자카드 보내기, 같은 그림 맞추기 등의 게임을 할 수 있다. 예

컨대 고양이와 택배 차가 등장하는 퍼즐을 다 맞추면, 구로네코 야마토 택배의 광고를 보여주는 식이다. 재미있는 건, 이런 게임을 하는 동안 자기도 모르게 검은 고양이 택배의 매력에 자꾸 빠져들게 된다는 점이다.

유머 넘치는 광고 외에도 고양이를 키우는 사람들이 구로네코 야마토 택배를 좋아할 수밖에 없는 이유가 있다. 바로 이 회사 특유의 택배 상자 때문이다. 구로네코 야마토 택배에서 배달된 상자를 조립하면 앙증맞은 택배 트럭 모양이 된다. 그래서 구로네코 야마토의 택배 상자 겉면에 그려진 창문 부분을 도려낸 다음, 고양이를 그속에 태우고 사진 찍는 일이 검은 고양이를 키우는 일본의 애묘가들 사이에 유행이라고 한다. 실제로 동영상 공유 사이트인 유튜브에서도 그런 모습을 찍은 동영상을 여러 편 찾아볼 수 있었다. 그러니 택배비나 배달 시간 등 모든 조건이 같은 상황에서 여러 택배회

사 중 하나를 고르라고 한다면, 고민 없이 구로네코 야마토 택배를 선택할 수밖에. 물건뿐 아니라 웃음까지 배달해주는 고양이 택배를 어떻게 모른 척할 수 있을까.

여행하는 중에도 거리 곳곳에서 구로네코 야마토 택배 로고와 종종 마주쳤다. 처음에는 웬 검은 고양이 그림이 사방에 그려져 있을까 궁금했는데, 택배 차량에도 어김없이 그려진 걸 보고 택배 회사 로고라는 걸 알게 됐다. 관심이 없을 때는 있는지 없는지도 느끼지 못했다가 한번 눈길을 주고 나면 계속 눈에 밟히는 길고양이처럼, 거리에서 만난 검은 고양이 모자 로고가 자꾸만 눈에 들어왔다.

거리에서 만난 구로네코 야마토 로고 중 가장 거대한 것은 도쿄 긴자銀座의 사거리에서 본 로고였다. 커다란 엄마고양이가 아기고양이를 물고 가는 간판과 그 아래 선 사람들의 모습을 비교해보니, 배달 차량에 조그맣게 그려진 그림에서는 느낄 수 없던 박력이 느껴진다. 도쿄 쓰키지築地 시장에서는 갈색 소포지로 만든 구로네코 야마토 사의 택배 봉투를 볼 수 있었다. 어시장에 종이로 만든 택배 봉투라니, 무슨 용도에 쓰는 것일까? 혹시 물에 젖어 찢어지지는 않을까 궁금했다. 교토에서 본 구로네코 야마토 택배 차도 귀여워서 기억에 남는다. 동글동글한 디자인의 소형 트럭은 좁은 주택가 도로도 문제없이 지날 수 있을 것만 같았다.

검은 고양이에 대한 편견을 애교 넘치는 홍보전략으로 없애준 구로네코 야마토의 로고를 가만히 들여다보니, 모토마치 공원에서 만난 반질반질한 검은색 털코트를 자랑하던 길고양이와도 많이 닮은 것 같다. "나 불렀냐옹? 지금 바쁜데…… 배달하러 가야 한다옹" 하면서 바삐 걸음을 옮기던 길고양이는, 어쩌면 구로네코 야마토의 비밀 직원이었는지도 모른다.

앨리스처럼 여행하는 법

여행지에서 목적지로 가는 도중에 길고양이를 만나면, 원래 일정은 안중에도 없이 고양이와 함께 놀게 된다. 예정 없이 끼어든 고양이 때문에 짜놓은 일정이 조금씩 뒤로 밀려 결국 한두 곳은 못 가게 되기도 한다. 하지만 상관없다. 누군가에게 '그곳에 있는 그것'을 보러 가는 것이 여행이라면, 내가 생각하는 여행은 고양이가 있는 곳을 찾아가는 과정에 있다. 그러니 그 여행의 목적지는 꼭 어떤 장소가 아니어도 괜찮다. 고양이를 만나러 가는 길에 스쳐 지나치는 좁은 골목길도 내게는 더없이 좋은 여행지다.

가까운 곳에 사는 길고양이를 만나러 가는 길은 언제든 생각나면 갈 수 있어서 좋고, 낯선 땅에 사는 길고양이를 만나려고 공항에 내려 가슴 두근대며 시작하는 여행은 늘 새로워서 좋다. 처음 가본 동네에서 길을 잃고 헤맬 때, 아무리 들여다봐도 지도가 지도로 보이지 않고 알 수 없는 선과 면의 조합으로 보일 때, 피로감에 비례해 자꾸만 무거워지는 배낭을 버리고 싶을 때, 나를 위로하듯 불쑥 나타나는 고양이가 있으면 지친 몸과 마음도 보상을 받는다.

느닷없이 고양이가 나타나면, 흰 토끼를 따라 동굴로 뛰어든 앨리스처럼 고양이를 따라가 본다. 길고양이가 숨어든 곳이 처음 보는 골목이라 해도 두렵지 않다. 앨리스가 그랬던 것처럼 키가 작아지거나, 목이 뱀처럼 늘어나거나, 무서운 붉은 여왕과 크로케 시합을 해야 할 일은 없을 테니까. 그나마 가능성이 있는 일이라곤 길을 잃는 것뿐이고, 최악의 상황에 빠진다 해도 고양이와 함께했던 시간은 사진 속에 고스란히 남을 테니까. 아무리 난감한 상황에서도 고양이만 보이면 모든 걸 잊고 마는 대책 없는 낙관주의가 여행의 고단함을 잊게 만든다.

고양이 여행 중에 가장 인상 깊었던 길고양이도 그렇게 골목을 헤매다 찍게 됐다. 초록색 눈을 빛내며 달려가는 얼룩 고양이의 인도를 따라 도착한 곳은, 단독주택에 딸린 조그만 대나무 정원이었다.

한국의 여느 가정집에서 정원에 대나무를 심지 않는 건, 하늘을 향해 뻗은 대나무가 신과 소통하는 안테나처럼 접신 도구 역할을 한다는 속설 때문이다. 요즘에도 그런 미신이 통할까 싶지만, 하늘하늘 바람에 흔들리는 대나무를 바라보면 나도 모르게 그 이야기가 떠오르면서, 구천을 떠돌던 어느 혼이 대나무 안테나에 걸려 쉰 목소리를 내지는 않을까 싶은 것이다.

엉뚱한 상상에 빠져 있는 동안, 나를 이곳까지 인도한 길고양이는 제 임무를 마쳤다는 듯이 정원 한가운데 초록 동산에 올라앉아 그루밍을 하기 시작한다. 햇살에 따끈하게 데워진 이끼 침대 위에 배를 깔고 몸을 길게 누인 채 편안하게 푹 퍼진 모습이, 뜨끈한 온돌방에 몸을 지지는 할머니 같다. 고양이가 한가로이 하품하는 아늑한 공간에서 내 마음도 평안을 찾는다. 고양이가 선물해준 고마운 휴식의 시간, 마음에도 천천히 초록색 물이 든다.

눈빛으로 승부하는 고양이 허수아비
도리요케

한국에 참새 쫓는 허수아비가 있다면, 일본에는 눈빛으로 새를 쫓는 '고양이 허수아비' 도리요케鳥よけ가 있다. 어떻게 눈빛만으로 새를 퇴치할 수 있다는 걸까? 그것도 살아 있는 것도 아닌, 가짜 고양이의 실루엣만으로.

허수아비 하면 떠오르는 건, 허름한 옷을 입고 들판에 서서 빈 깡통을 달그락거리며 새를 쫓는 모습이다. 요즘 새들은 영악해서 어설픈 허수아비 따위에는 잘 속지도 않는다지만, 어쨌든 참새들도 순진했던 먼 옛날, 허수아비가 들판을 지키는 파수꾼으로 톡톡히 큰 몫을 했던 것은 사실이다. 언뜻 보기엔 사람처럼 차려입은 모양새에, 가끔 바람이 불면 깡통 흔드는 소리도 한 번씩 내주니, 조심성 많은 새들이 허수아비를 경계하지 않을 수 없었던 것이다.

한국의 허수아비가 사람 같은 모습과 깡통 흔드는 소리로 새를 쫓았다면, 일본의 도리요케는 고양이 모양의 실루엣과 번쩍이는 유리구슬 눈동자로 새를 쫓는다. 반짝반짝 빛나는 물건을 보면 눈이 부서서 달아나는 새의 습성을 노린 것이다. 게다가 그 반짝이는 무언가가 새의 천적인 고양이 얼굴이라면, 아무리 기고만장한 새도 겁먹고 슬금슬금 피할 수밖에 없다. 고양이 얼굴 모양을 한 도리요케는 그런 취지에서 고안된 일종의 '고양이 허수아비'라고 할 수 있다. 한국의 허수아비와는 도무지 공통점을 찾을 수 없는 모습이지만, 둘 다 새를 쫓아내기 위한 용도에는 충실하다.

도리요케의 유형은 크게 두 가지로 나뉜다. 하나는 앞서 보았던 고양이 눈처럼 반짝반짝 빛나는 모습으로 되어 있고, 다른 하나는 날카로운 창살 모양이다. 창살형 도리요케는 아파트 베란다 등지나 농가 근처에 설치하여 새의 접근을 막는 용도로 쓰인다고 한다. 그러나 날카로운 창살형 도리요케에 새가 다칠 수도 있으니, 보다 온건한 방법으로 새를 쫓는 도구가 고양이 눈 모양 도리요케인 셈이

다. 창살로 만든 도리요케는 멋모르고 날아든 새에게 고통을 주지만, 고양이 모양 도리요케에는 새에게 상처를 입히지 않고도 멀리 쫓을 수 있는 상생의 지혜가 담겼다.

실제로 고양이 얼굴 도리요케가 어떻게 사용되고 있는지 본 건 요코하마에서였다. 처음에는 나비 모양과 사람 얼굴이 덩굴처럼 뒤엉킨 대문 모습이 기이해서 무심코 사진을 찍었는데, 나중에 보니 까만 고양이 인형 모양의 도리요케가 문 구석에 매달려 있었다. 검은 고양이의 얼굴을 정면에서 본 듯한 모습의 실루엣에, 눈이 있어야 할 자리에는 투명하게 빛나는 유리구슬이 박혔다.

마네키네코 발상지로 유명한 세타가야 구의 고토쿠지를 찾아가는 길목에서도 또 다른 유형의 도리요케와 마주쳤다. 처음에는 "이 집에 고양이가 살고 있어요"라는 뜻에서 표지판을 매달아 둔 건가 하고 막연히 생각했다. 그 물건의 정확한 용도를 알게 된 건 1년이 지난 2008년 여름, 다시 야나카 주택가의 정원에서 똑같은 도리요케를 보고 나서였다. 야나카의 도리요케는 나무에 매단 지 얼마 되지 않았는지 상태도 좋고, 유리구슬 눈동자도 제대로 박혀 있었다. 고양이의 눈을 닮은 초록색 유리구슬은 빛이 비치는 방향에 따라 오묘한 빛깔로 반짝인다. 유리구슬 눈동자를 보니, 그제야 작년에 세타가야 구에서 보았던 물건이 무슨 용도였는지 알 수 있었다.

비용만으로 본다면, 굳이 도리요케를 사서 쓰기보다 못 쓰는 CD를 실에 묶어 매달아둬도 상관없을 것이다. 반짝이는 효과로 치자면 낡은 CD 쪽이 더 나을지도 모른다. 그러나 대문 밖에 CD를 주렁주렁 매달아두는 건 어쩐지 재미가 없다. 그러니 고양이의 날카로운 눈빛에서 착안한 '고양이 도리요케' 상품이 나름대로 선전하는 게 아닐까. 재미있는 건, 도리요케가 길고양이를 쫓는 용도로도 사용된다는 점이다. 고양이 역시 반짝거리는 물건을 싫어한다나.

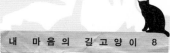

고양이의 뒷모습이 말해주는 것

고양이가 참선하듯 정좌한 자세로 먼 곳을 바라본다. 머리부터 꼬리까지 매끈한 곡선으로 쭉 빠지는, 날렵한 뒷모습이다. 고양이가 앞발을 모으고 단정히 앉은 모습을 보고 있으면, 어쩐지 명상하는 것처럼 보여서 다가가는 걸음도 조심스럽다. 소리 나지 않게 배낭을 내려놓고 몇 걸음 떨어진 곳에 앉아 나도 함께 쉬어 간다.

언제든 고양이와 마주치는 날이면, 그들이 나보다 먼저 자리를 뜰 때까지 기다린다. 짧으면 불과 몇 분, 길면 한두 시간. 그렇게 고양이와 함께 있으면 나도 덩달아 명상을 하는 것만 같다. 심란할 때 십자수나 퀼트를 하고 있으면 마음이 차분히 가라앉는 것처럼, 길고양이와 함께 시간을 보낼 때면 나도 모르는 사이에 평안을 찾곤 했다.

처음 길고양이를 찍을 무렵, 내 사진에 가장 많이 등장한 건 뒷모습이었다. 멀리서 길고양이를 발견하고 반가운 마음에 달려가면, 녀석들은 지레 겁먹고 달아나기 일쑤였다. 길고양이는 모델 노릇을 쉽게 하려 하지 않았고, 나는 좋아하는 마음만 있을 뿐 어떻게 다가가야 할지 몰랐다. 가뜩이나 성능 달리는 카메라는 심령사진처럼 흐릿하게 흔들리는 고양이의 윤곽만 포착할 뿐이었다. 그땐 뒷모습 사진이 '실패한 사진'인 것만 같았다.

하지만 길고양이 사진이 쌓여갈수록 뒷모습 사진에 매료된다. 뒷모습을 찍는다는 건, 결국 고양이가 눈길 주는 곳을 함께 바라보는 일이니까. 날아가는 새를 아쉬운 듯 바라보는 고양이의 뒷모습을 찍을 때면, 나도 하늘을 올려다보게 된다. 등을 꼿꼿이 세우고 명상하는 고양이를 만나면, 나도 무거운 가방을 잠시 내려놓고 땅바닥에 엉덩이를 붙일 틈을 얻는다. 고양이의 뒷모습을 연거푸 찍으면서, 아무것도 보이지 않는다고 믿었던 그 사진에서 표정을 읽게된다. 고양이가 치켜든 꼬리의 높낮이나 등을 구부린 모양새에서 고양이의감정을 읽고, 위풍당당 걸어가는 길고양이를 찍으려 몸을 낮춰 잰걸음으로따라가면서 고양이의 눈높이를 배운다. 그렇게 그림자처럼 고양이를 슬금슬금 따라다니며 사진을 찍다 보면, 뒷모습만 보여주던 고양이의 얼굴이 슬며시 나를 향한다는 걸 알게 된다. 그만큼 애썼으면, 이제 한번쯤 얼굴을 보여줘도 되겠다고 마음먹은 것처럼.

고양이가 인도하는
백화점 안 헌책방

도쿄 진보초神保町의 헌책방 거리에 들렀을 때, 어느 헌책방 입구에 붙은 포스터 한 장이 눈길을 끌었다. 흰 바탕에 고동색 얼룩무늬 고양이가 모델로 나선 게이오京王 백화점 고서시장 포스터였다. 처음엔 고서시장 홍보에 뜬금없이 고양이를 내세운 이유가 뭘까 싶다가, 도대체 백화점에서 반짝 열리는 고서시장이란 어떤 모습일지 호기심이 생겼다.

처음 포스터를 보았을 땐 일정이 맞지 않아서 아쉽게 방문을 포기했지만, 1년을 기다려 고서시장이 열리는 기간에 맞춰서 다시 도쿄를 찾았다. 오다큐 선 전철 내부에는 작년과 마찬가지로 게이오 백화점 고서시장 광고가 걸려 있다. 올해도 어김없이 똘망똘망한 얼굴의 단모종 고양이가 고서시장 홍보대사를 맡고 있다. 초롱초롱한 눈으로 고개를 갸우뚱 기웃한 고양이의 모습을 보고 있으면, 고양이 좋아하는 사람들의 손에 저 포스터가 남아나지 않겠구나 싶다. 고양이 포스터를 처음 발견했던 2007년이 57회였고 2008년이

58회째라니, 아마도 매년 연례행사처럼 '백화점 안 헌책방'이 열려
온 모양이다.

　포스터 속 고양이의 인도를 따라 게이오 백화점 신주쿠점 7층에
도착했다. 백화점 안 고서시장에는 수십 곳의 헌책방이 참여해 붉
은 이름표를 내걸고 손님을 맞이한다. 단순히 매대만 들여온 게 아
니라, 마치 각 서점에서 출장 서비스라도 나온 것처럼 서점마다 앞
치마를 두른 점원들이 친절하게 안내하고 있었다. 여름상품 바겐세
일 대목을 포기하고 헌책방을 차릴 공간을 내준 백화점 측의 배려
도 놀랍지만, 쇼핑하듯 장바구니를 한손에 끼고 진지한 얼굴로 책
을 고르는 사람들도 적지 않다. 비록 일주일도 못 되는 짧은 기간이
지만, 번화가 신주쿠의 백화점 안에 반짝 헌책방이 열린다는 사실
만으로도 의미심장하다. 적지 않은 임대료를 생각하면, 판매 수익

면에서 볼 때 할인 매대 몇 개를 더 놓는 것이 백화점 쪽에서 볼 때
는 더 이득이 아닐까 생각했다. 하지만 당장 눈에 보이는 이득보다
'백화점 헌책방'을 매년 개최하면서 쌓이게 될 긍정적인 이미지를
생각하면 오히려 이편이 더 쏠쏠한 투자일지도 모르겠다.

　백화점 한가운데 헌책방이 순식간에 생겨났다 사라질 수 있는
건, 각 헌책방에서 준비한 직사각형 목제 상자를 블록처럼 차곡차
곡 쌓아 책꽂이 대용으로 쓰기 때문이다. 따로 책을 포장할 필요도
없고, 분해와 조립 역시 손쉽다. 이사할 때마다 책 짐을 싸고 푸느
라 골머리를 앓았던지라, 세월의 흔적이 물씬 느껴지면서도 편리해
보이는 헌책 상자가 꽤나 마음에 든다. 아마 다치바나 다카시가 버
리지 못했다는 사과상자도 이런 조립식 책꽂이의 대용으로 쓰였을
것 같다.

　헌책방의 매력은 예상하지 못했던 책을 우연히 만나게 된다는 데
있다. 이런 우연의 즐거움은 여행 과정에서 느끼는 감정과도 비슷
하다. 길을 헤매다 마주친 골목에서 고양이를 만났을 때의 짜릿함
같은, 그런 느낌.

　귀퉁이가 나달나달해진 50년 전 사진잡지 표지 속의 샴 고양이
는 외국 여인의 품에 안겨 "귀찮게 좀 하지 말고 이거 놔라옹!" 하
는 듯한 표정을 짓고 있다. 귀여운 동물 그림책도 있었는데 예상보
다 비싼 값에 놀라 내려놓고는 숙소에서 자꾸만 생각나서 아쉬워했
다. 역시 여행지에서 마음이 동하는 물건을 만나면 그 자리에서 덥
석 사 버려야 후회가 없는데.

　백화점 안 고서시장에는 헌책만 있는 게 아니다. 오래된 포스터,
우키요에 사본, 엽서 등도 깔끔하게 비닐로 포장되어 새 주인을 기

다린다. 수집가들마다 취향은 제각각이라 '뭐 이런 구닥다리를 사는 사람이 있을까' 싶은 물건들까지도 귀한 대접을 받는 것이다. 전화카드, 우표, 주화 등을 판매하는 수집상도 한 자리를 차지하고 있다. 가볍게 살 수 있는 100엔짜리부터 몇 만 엔짜리에 이르기까지 가격대도 천차만별이다. 예컨대 고양이 캐릭터 다양이 등장하는 전화카드는 원가를 생각하면 턱없이 비싼 가격이지만, 거기에는 희소성에 대한 값이 포함되어 있으므로 아무리 비싸도 살 사람은 사기마련이다. 나도 그냥 가기에는 어쩐지 아쉬워서 고양이 사진이 인쇄된 100엔짜리 전화카드를 서너 장 골라 든다.

고서시장을 구경하면서, 우리 집 어딘가에서 뒹굴다 버려졌을 만화책과 기념엽서, 우표들을 떠올려 본다. 이런 고서시장에 나오는 물건들은 골동품처럼 아주 비싸거나 시세 차익을 노릴 만한 것이 아니기에, 평범한 수집가의 소소한 꿈을 만족시켜 줄 따름이다. 그러나 오래된 물건을 파는 시장에서는 꼭 값비싼 물건만이 가치 있는 것은 아니다. 어떤 물건이 내게 어떤 추억으로 남았느냐가 중요하므로. 내게 게이오 백화점은 '추억을 파는 백화점'으로 남을 듯싶다. 쇼핑하며 지나쳤던 다른 가게는 다 잊어도, 백화점에서 열린 고서시장을 어떻게 잊을 수 있을까. 게다가 고양이가 홍보대사로 나선 헌책방이라면 더더욱.

나를 감동시키는
고양이 사진의 달인들

일본 여행의 즐거움 중 하나는 서점에서 고양이 사진집을 양껏
볼 수 있다는 점이다. 고양이 사진집에도 여러 부류가 있지만, 나는
고양이를 우스꽝스럽게 희화화한 사진보다는 일상이 담담하게 녹
아나는 사진이 좋다. 그중에서도 여행지의 풍경과 길고양이의 모습
이 편안하게 어우러지는 이와고 미쓰아키岩合光昭의 사진집을 특히
아낀다. 그는 길고양이를 찍기만 한 게 아니라 한동안 데려다 키웠
고, 카이라는 이름을 붙여 주고 고양이가 살아간 16년간의 일생을
찍어 책으로 펴내기도 했다. 한국에도 출간됐다가 얼마 전 절판된
『세상에서 가장 예쁜 고양이 카이』라는 책인데, 그가 찍은 사진에
부인이 글을 붙인 공동 작품이다.

세계의 야생동물을 찍으러 다니는 일이 직업인 동물사진가지만,
이와고 미쓰아키는 여러 동물 중에서도 특별히 고양이에게 애착을
갖고 꾸준히 사진을 찍어왔다. 그만큼 고양이를 좋아하기에 그의
고양이 사진에는 남다른 애정이 묻어난다. 심지어 프로필 사진조차

고양이와 함께한 사진을 넣을 정도니까.

그가 찍은 사진을 보면, 고양이의 눈높이에 맞게 최대한 몸을 낮춰 찍은 걸 알 수 있다. 나도 땅바닥에 배를 붙이고 납작 엎드리다시피 한 자세로 고양이를 찍을 때가 종종 있어서, 그의 촬영법에 공감이 갔다. 길고양이를 찍어 보면 알게 되지만, 쭈그려 앉는 것만으로는 고양이와 눈높이가 맞지 않기 때문이다. 그렇게 나를 낮추고 찍은 사진은 무심코 고양이를 내려다보며 찍은 사진과는 느낌이 전혀 다르다. 내려다보는 시점의 사진이 고양이를 압도하는 느낌이라면, 마주보는 시점의 사진은 고양이와 대화하는 느낌이다. 고양이와 인간이 같은 키가 되어 동등한 입장으로 마주볼 때, 비로소 고양이가 바라보는 세상을 그들의 눈높이에 맞춰 온전히 담을 수 있다.

이와고 미쓰아키의 고양이 사진들을 보면서 '어떻게 고양이가 나오는 골목을 용케 찾아내는 걸까?' 하고 궁금했는데, 역시 길고양이가 많이 상주하는 동네 주민의 제보를 받고 찾아가는 모양이다. 격월간 고양이 잡지 『네코비요리ねこびより』에 실린 이와고 미쓰아키의 고양이 사진과 글을 보면서 내심 감탄했다. 좋아하는 일에 전념하면서 그 일을 직업으로 삼고 살 수 있는 그의 삶도 탐났고, 우리 동네에 고양이가 많으니까 와서 찍어가라고 알려주는 이웃들이 있다는 것도 부러워서.

이와고 미쓰아키가 길고양이의 일상을 자연스럽게 잡아내는 사진으로 감동을 준다면, 또 다른 고양이 사진가 반도 간지板東寬司는 고양이를 모델로 한 스튜디오 촬영과 가정방문 촬영으로 유명하다. 그는 고양이 사진을 전문적으로 취급하는 '후로네코風呂猫 스튜디오'를 운영하며 1년에 200마리 이상의 고양이를 촬영한다고 한다. 이는 다양한 고양이 모델을 촬영하기 위해 사전 신청을 받아 가정방문을 하고 무료로 사진을 찍어주기 때문에 가능한 일이다. 물론 촬영한 사진은 책에 수록될 수 있다는 걸 미리 밝히고 신청을 받는다. 그렇게 찍은 사진들 중 일부는 기발한 고양이 사진집으로 다시 태어난다. 작가는 사진집의 소스를 얻을 수 있고, 신청자는 전문가의 손으로 촬영한 반려묘의 기념사진을 받을 수 있으니 서로 도움이 되는 셈이다.

반도 간지는 단순히 사진만 찍는 작가가 아니라 고양이 문화운동 가에 가깝다. 일본 전역의 마네키네코 향토인형 정보를 집대성한 '일본 마네키네코 클럽'을 조직하는가 하면, 고양이 갤러리와 마네키네코 박물관을 운영하고, 직접 찍은 사진으로 책을 만드는 고양이 출판기획자 겸 제작자로도 활동하고 있다. 고양이 사진집을 내줄 출판사가 마땅치 않아도 그에게는 아무 문제가 되지 않는다. 만들고 싶은 책은 직접 만들면 되니까.

그가 만든 책 중에 『고양이의 육구 — 완전판 ねこの肉球-完全版』이라는 손바닥만 한 문고판이 기억에 남는다. 고양이 발바닥의 말랑말랑한 부분인 육구肉球를 클로즈업한 사진만 쭉 나열한 책이다. 물론 발바닥 주인인 고양이의 몸도 가끔은 등장하지만 주인공은 어디까지나 발바닥이다. 이런 마이너 취향의 책을 누가 사 볼까 싶지만, 은근히 좋아하는 독자들이 있는 모양이다. 고양이가 혀를 날름 내민 모습만 담은 사진집, 고양이 뒷모습만 담은 사진집, 자는 모습만 모은 사진집까지 연이어 펴냈으니 말이다.

소규모 다품종 생산이 일반화된 일본의 출판시장에서는 고양이 사진집의 종류도 상상을 초월할 정도로 다양하다. 냄비 속에 동그랗게 몸을 말고 누운 고양이의 모습만 모은 『네코나베ねこ鍋』사진집이나, 대학가 주변 길고양이와 그들을 돌보는 사람들을 취재한 『대학 고양이의 캠퍼스라이프 大学猫のキャンパスライフ』같은 책은 한국의 출판시장에서 출간되기 어려운 특수한 책들이다. 한데 일본에는 심지

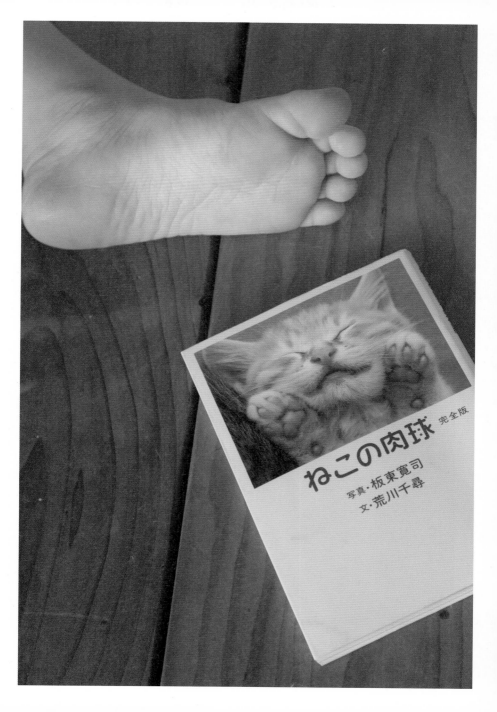

어 처치 곤란인 고양이 털로 펠트공예 하는 법을 소개한 책마저 있으니, 고양이 책의 천국이라 불러도 손색이 없다.

동네 마실조차 나가지 못하고 틀어박혀 일만 해야 할 때, 지친 마음을 달래주는 건 틈틈이 사둔 고양이 사진집이다. 현실의 나는 어느 곳으로도 갈 수 없어도, 사진 속 고양이들은 낯선 풍경 속으로, 다른 나라의 고양이들에게로 나를 데려다준다. 그러니 내게 고양이 사진집은 멀리 떠나지 않고도 이국의 고양이를 만날 수 있는 마법의 무임승차권 같다. 하지만 당장 가방을 꾸릴 수 없다면, 여행을 부추기는 이런 책들은 최대한 아껴가며 펼쳐야 한다. 그 사진들을 보고 있으면 자꾸만 더 떠나고 싶어지니 말이다.

고양이 놀이방의
판타지

마음은 고양이와 함께 살고 싶지만 현실에서는 불가능할 때, 사람들은 대리만족의 대상을 찾는다. 이른바 '고양이 결핍 증후군'에 시달리는 이들은 고양이 동호회 게시판을 들락거리고, 점찍어둔 고양이 사진을 볼 수 있는 블로그를 즐겨찾기 해두고, 오프라인 고양이 카페를 찾아다닌다. 현실에서는 고양이와 살 수 없으니, 가상으로라도 고양이와 함께 살아보고 싶다는 사람들의 꿈을 위해 만들어진 공간이 이른바 '고양이 놀이방'이다. 오다이바お台場의 네코타마 캣츠리빙ねこたまキャッツリビン이나 이케부쿠로池袋의 네코부쿠로ねこぶくろ 같은 고양이 놀이방은, 언뜻 보기엔 고양이 카페와 큰 차이가 없어 보인다. 그러나 고양이 놀이방은 고양이와 노는 기회를 제공하는 데 그치지 않고, 고양이와 함께 사는 일상을 가상으로나마 경험하고픈 애묘가의 꿈을 현실로 옮겨 놓는다.

고양이 카페에 몇 차례 가본 터라, 고양이 놀이방에 대한 이야기를 들었어도 처음엔 딱히 가보고 싶은 생각이 없었다. 게다가 고양이와 노는 재미로 따지자면, 실내에 갇혀 지내는 고양이보다 길고양이와 노는 편이 내겐 훨씬 더 즐겁다. 하지만 호기심이 나를 가만 놔두지 않았다. 게다가 네코타마 캣츠리빙은 '고양이 100마리와 놀 수 있는 고양이 테마파크'라지 않나. 100이라는 숫자에는 어딘가 사람을 압도하는 구석이 있었다. 결국 그 말에 홀랑 넘어가 네코타마 캣츠리빙을 찾아갔다.

그러나 두근대며 안으로 들어섰을 때, 눈에 띈 건 열댓 마리 남짓한 고양이뿐이었다. 바깥에서 돌아다니는 고양이뿐 아니라 유리방에 들어 있는 고양이들까지 포함해도 그 정도였다. 아니, 100마리라는 고양이들은 모두 다 어디 간 거지? 두리번거리다 한쪽 구석에서 고양이 얼굴 사진과 이름이 붙은 명단을 발견했다. 이곳에서 주기적으로 교체되어 활동하는 접대 고양이의 명단이다. 그러니까 예비후보까지 다 헤아려야 100마리가 될까 말까 했던 것이다. 고양이를 좁은 진열장에 내내 가둬 두면 스트레스를 받을 테니, 주기적으로 접대 고양이의 순서를 바꿔주는 모양이다.

방문객들은 오뎅꼬치 같은 장난감으로 고양이와 함께 놀기도 하고, 훈련 받은 고양이를 어깨 위에 얹고 기념사진을 찍기도 한다. 거실에 앉아 고양이가 등장하는 비디오를 한가롭게 시청하는 사람도 있다. 입장료가 800엔으로 그리 싸지는 않지만, 그럼에도 불구

하고 체인점 형식으로 운영되는 것을 보면 이런 곳을 찾는 사람들이 꽤 되는 듯하다.

이러한 일본의 고양이 놀이방은 '고양이와 함께 사는 행복한 집'의 이상형을 키치적으로 과장해 보여준다. 예컨대 네코타마 캣츠리빙에서는 고양이를 안고 소파에 기대 쉴 수 있는 거실, 책꽂이 빈칸을 비집고 들어가 잠든 고양이가 있는 서재, 고양이가 빵 바구니에 몸을 숨기고 잠든 유럽풍 부엌 등을 연출해 애묘가의 환상을 자극한다. 고양이가 있는 파우더 룸과 거품비누가 보글대는 욕실, 고양이가 숨은 세탁실, 고양이 게임을 할 수 있는 서재와 컴퓨터실, 심지어 우주 공간에 이르기까지 다양한 테마를 정해 인형의 집처럼

예쁘장하게 꾸민 것이다. 고양이를 위한 가상공간에 실재감을 부여하는 소소한 소품도 눈에 띈다. 이를테면 마이크로소프트의 윈도98 패키지를 패러디해 'Miaowsoft Feline28'로 바꾼 다음 선반에 슬쩍 올려놓든가 하는 식이다.

네코타마 캣츠리빙의 사촌 격인 네코부쿠로에서도 캣츠리빙에서처럼 테마별로 꾸민 체험실을 만들어 고양이를 품종별로 전시하고 있다. 독특한 건 '한밤을 달리는 고양이 열차'풍의 메인 테마 공간인데, 밤의 분위기를 내기 위해 조명을 어

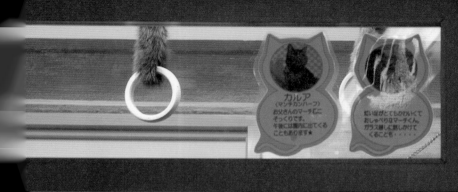

둡게 하고 커다란 기차 모양의 방에 각각 고양이를 태웠다. 졸린 눈의 고양이 역장이 탑승한 방에는 눈이 똘망똘망한 어린 고양이가 어슬렁거리고, 객차에서는 연륜이 묻어나는 눈빛의 얼룩 고양이들이 오가는 사람들을 빤히 바라본다. 한밤의 전철을 타고 달리는 것처럼 보이지만, 언제나 그곳에 갇혀 있을 고양이를 생각하니 귀엽다는 생각보다 짠한 마음이 든다.

고양이 놀이방에서 살아가는 고양이들이 느끼는 감정이란 어떤 것일까? 잠시 머물다 가는 사람의 입장에서는 신기하고 재미있을 수 있다 쳐도, 고양이의 입장에서는 적잖이 고달픈 삶이겠다. 하루 종일 낯선 사람들의 손길에 시달리거나, 유리 진열장에 갇혀 밝은 조명을 견디는 고양이들의 속이 편할 리는 없기 때문이다. 구석에 몸을 동그랗게 말고 누운 고양이가 나를 빤히 바라보며 "나도 사는 게 참 피곤하다옹" 하고 접대 고양이 생활의 고단함을 하소연하는 것만 같았다.

고양이가 좋아하는 자동차 동굴

고양이를 만나러 가는 길, 무의식중에 자동차 아래를 기웃거린다. 그 밑에 대개 고양이가 몸을 웅숭그린 채 앉아 있기 때문이다. 높은 곳을 유독 좋아해 캣타워는 물론 책꽂이 위로도 종종 뛰어올라가는 집고양이를 생각하면, 사람들의 눈길을 신경 쓰며 선뜻 밖으로 나서지 못하고 '어둠의 세계'로만 숨어드는 길고양이가 안쓰럽다. 하지만 한편으로는 이런 연민도 인간 중심의 사고방식에서 생겨난 편견인지도 모른다. 고양이 입장에서는 빛의 밝기에 따라 커졌다 작아졌다 하는 동공 덕분에 어두운 곳에서도 별 어려움 없이 다닐 수 있을 테니까. 어쨌든 자동차를 은신처 동굴 삼아 숨어 있는 고양이와 마주치면 어쩐지 그날은 운이 좋은 것처럼 느껴진다.

어느 나라, 어느 동네를 걷더라도 그곳이 낯설게 느껴지지 않는 건, 내가 아는 고양이와 똑같은 습성, 똑같은 모습을 지닌 고양이를 만날 수 있기 때문이다. 참

새와 비둘기를 제외하면, 언제나 인간과 가장 가까운 곁에서 맴도는 동물이 바로 고양이니까. 그놈이 그놈 같은 고양이가 뭐 그리 좋으냐고 누군가 물을 때, 난 오히려 그 점 때문에 고양이가 더 좋다고 말한다. 씩 웃는 듯한 도톰한 입술, 찹쌀떡처럼 동그란 앞발, 사뿐사뿐 내딛는 우아한 걸음걸이—낯선 곳, 낯선 고양이가 보여주는 어떤 행동이, 내가 아는 고양이의 모습과 많이 닮았다는 사실을 깨달을 때, 내 고양이에 대한 추억은 낯선 고양이에게로 옮겨간다. 그 순간 여행지에서 만난 고양이는 내게 모르는 고양이가 아니라 '아는 고양이'가 된다. 고양이를 좋아하는 사람들이 내 고양이, 남의 고양이를 가리지 않고 고양이라는 동물 전체에 애정과 연민을 갖는 건 그 때문이다.

사람을 보면 잽싸게 달아나는 여느 길고양이와 달리, 인기척을 느껴도 가만히 앉아 있는 대담한 고양이들은 내가 구경하고 있을 때도 별로 개의치 않는다. 그냥 제 옆에 쌓인 맥주 상자나 잡동사니 더미처럼, 혹은 자기 머리 위에 있는 자동차처럼 담담하게 대할 뿐이다. 어쩌면 도망가고 싶어도, 기껏 얻은 아늑한 자동차 동굴을 떠나기 싫어서 짐짓 태연해하는 건지도.

어둠침침한 자동차 동굴에 가장 어울리는 드레스 코드가 있다면, 역시 까만 털코트다. 몸도 까맣고 그늘도 까매서, 자동차 아래 숨은 고양이의 눈동자가 보이지 않을 정도니까. 자동차 동굴 밑에서 발견되는 고양이의 자세는 있는 듯 없는 듯 자동차 아래 몸을 숨긴 모습이 대부분이지만, 때로는 넉살 좋게 네 다리를 뻗고 제 집 안방에라도 있는 것처럼 여유를 부리는 녀석도 만난다. 그렇게 동네 터줏대감 고양이에게서 풍기는, 대책 없는 자신감이 좋다. 이렇게 누워 있어도 아무도 자길 건드리지 않을 거라는 믿음이랄까, 그런 감정이 느껴져서.

자동차 동굴 아래 숨은 고양이는 여유롭게 사람들을 구경하고, 나는 자동차 아래 쭈그리고 앉아 고양이를 구경한다. 그러고 있으면 걱정도 두려움도 가라앉고 마음이 평화로워진다. 내가 한 번도 와 보지 못한 곳을 여행하고 있다는 사실도 잊어버린 채.

쓰키지 길고양이의
아침 식사

'쓰키지'라는 단어를 내뱉으면 가장 먼저 떠오르는 건 푸른빛이다. 새벽에서 아침으로 막 넘어가려는 시간, 쓰키지 시장을 적신 푸르스름한 공기는 바다를 닮았다. 비릿하고 축축한 바다 냄새가 떠도는 공기 속에, 일본 전역의 스시 집으로 팔려갈 차례를 기다리는 참치들의 은빛 무덤이 있다. 고단한 생존경쟁에서 벗어나 육중한 몸을 땅에 누인 참치는 평화롭다. 하지만 정형화된 이미지의 관광 상품이 되어버린 장내시장과는 또 다른 쓰키지의 얼굴이 있다. 시장 사람들의 삶이 본격적으로 펼쳐지는 장외시장이다.

새벽에 쓰키지를 가득 메웠던 바다 냄새가 가라앉고, 공기 입자 사이로 햇빛 냄새가 끼어들기 시작하는 시간. 찬거리를 사려는 사람들이 하나둘 장외시장으로 모여든다. 관광객의 플래시가 어지럽게 명멸하는 '쇼타임'도 끝나고 한 차례 소란함이 쓸고 지나간 시장 바닥에서, 쓰키지 고양이는 사람들이 버리고 간 일회용 도시락 용기를 핥는다. 원래는 날생선 몇 조각이 담겨 있었을 것이다. 고양이

는 희미한 냄새만 남은 생선을 아쉬워하며 빈 도시락을 정성껏, 설거지하듯 꼼꼼히 핥는다. 길고양이가 고개를 숙이고 땅에 떨어진 뭔가를 먹을 때 처연한 느낌이 드는 것은 어쩔 수 없다. 한입거리도 못 되는 음식찌꺼기를 찾아 헤매는 길고양이의 모습 위로, 내 고양이의 모습이 겹치기 때문이다.

간소한 아침 식사를 마친 고양이가 고개를 수그린 채 눈만 치켜들어 나를 올려다본다. 그 눈빛은 의연하다. 얄팍한 동정의 눈길을 보내는 내게 '그럴 필요 없다'고 단언하는 듯하다. 내게는 쓰키지 고양이의 삶의 질을 논할 자격이 없다. 고양이에겐 잠시 스쳐가는 여행자의 연민보다, 매일 아침 시장 상인들이 무심한 듯 툭 던져주는 생선 한 점이 더 요긴할 테니까.

끈으로 묶은 허술한 나무 궤짝 속에 고양이가 몸을 누인다. 외관은 남루하지만, 8월의 따가운 햇살도, 귀찮은 관광객의 호기심도 피할 수 있는 안식처다. 자신을 거둬준 점포 주인이 열심히 가게 앞을 비질하며 손님 맞을 준비를 하는 동안, 쓰키지 고양이는 눈을 지그시 감고 잠에 빠진다. 어떤 일 앞에서도 의연해지는 것. 시장의 길고양이가 살아남는 방법이다.

내 마음을 홀리는 건 평안한 고양이의 모습이지만, 고양이가 슬프고 아픈 모습을 하고 있을 때도 다른 곳으로 눈을 돌릴 수 없다. 눈 돌리는 순간 그들은 잊힐 테니까.

한 생명이 완전히 죽는 순간은 숨이 멎을 때가 아니라, 그를 기억하는 이가 아무도 남아 있지 않을 때라고 한다. 그건 사람뿐 아니라 고양이에게도 마찬가지일 것이다. 그들이 이 세상을 의연하게 살다 갔다는 걸 한 사람이라도 기억해준다면, 길고양이의 짧은 삶도 허무하지만은 않을 거라 믿는다. 그래서 내가 좋아하는 그들의 삶을 꾸준히 기록하고 사진으로나마 응원해주고 싶다. 여행 중에 만난 고양이들의 사진과 글이 그런 역할을 할 수 있다면 기쁘겠다.

여행이 내게 준 선물

짧은 여행이 끝나고 다시 일터로 돌아온다. 원고를 읽고, 빨간 펜으로 수정을 하고, 가끔 길고양이를 찍으러 낯선 동네로 '나홀로 출사'를 간다. 그러는 틈틈이 인터넷 검색을 하다, 나도 모르게 비수기 항공권을 알아보고 있다는 사실을 깨닫고 놀란다. 나는 언제나 떠나는 사람보다 머무는 사람 쪽에 가까웠는데, 언제부턴가 바람이 솔솔 불어오면 여행병이 도지는 건 무슨 조화인지 모를 일이다.

'도롱이 기질'이 있는 나는 여행과 도무지 어울리지 않는 사람이라 생각했다. 취재를 위해 낯선 나라, 낯선 도시로 떠난 적은 있어도 그건 일이었을 뿐 여행은 아니었다. 직접 일정을 짜서 떠나는 자유여행은 준비하는 데 너무 품이 많이 들었고, 보고 싶지 않은 곳까지 끌려다니며 쇼핑에 동원되는 패키지여행은 안 가느니만 못하다고 여겼다. 오죽하면 휴가철에도 어디 가는 것보다 집에서 스밀라와 노는 게 더 마음 편했겠는가.

허나 곰곰이 생각해보면 내가 싫었던 건 여행 자체가 아니라, 원하지 않는 방식의 여행을 하는 일이 아니었나 싶다. 최단 시간에 여러 장소를 도장 찍듯 황급히 둘러보고, '여긴 무슨 일이 있어도 꼭 봐야한다'며 남들이 추천한 코스를 답습하는 그런 여행.

고양이에게로 가는 길을 안내해주는 맞춤여행 코스는 어느 여행서에도 없었으므로, 여행은 때로 막막하고 고단했다. 하지만 고양이 여행을 다니는 동안, 떠남의 즐거움을 조금은 알게 됐다. 처음 가 본 도시에서 길을 잃고 헤매거나 낯선 언어로 소통해야 하는 두려움은 여전하지만, 당당하고 아름답게 살아가는 길고양이와 만나면 길을 잃어도 힘이 났다. 자신만의 방식으로 고양이와 함께하는 삶을 선택한 사람들을 보면, 나도 그렇게 살 수 있을 것 같은 용기가 생겼다. 고양이 여행을 떠나는 시간만큼은, 좋아하는 일에 온전히 빠져드는 '나다운 나'로 살아 있는 것 같다.

그러니 1년 중에 며칠은 고양이를 찾아 떠나는 이상한 여행자로 살수 있길 바란다. 도시에서 사람들과 같은 공간을 공유하며 살아가는 길고양이들은 어찌 지내는지, 그들은 그곳에서 행복한지, 만나보고싶다. 무언가에 쫓기듯 허둥지둥 걷는 대신, 산보하듯 느린 걸음으로 고양이가 있을 골목을 더듬어 나가면서. 물론 고양이들이 언제나 날 기다려주진 않을 테니, 아무리 철저하게 준비한다 한들 언제나 여행지에서 만날 수는 없을지도 모르지만.

그러나 불확실함으로 가득 찬 여행일수록, 예상치 못한 곳에서 녀석들을 만났을 때의 기쁨은 크다. 삶의 불확실함을 받아들이고, 좋아하는 일에 몰두할 때 행복할 수 있다는 단순한 사실을 온몸으로 깨

닫는 것—그게 바로 '나만의 고양이 여행'을 꿈꾸는 이에게 여행이 주는 선물이다. 여행 끝에 발견한 그 선물을, 감사한 마음으로 받아든다.

고경원

2002년 여름, 종로에서 만난 행운의 삼색 고양이에게 반해 길고양이에 빠져들었다. 2005년 12월 「도시 속 길고양이의 삶, 3년간의 기록」으로 길고양이 취재를 시작해, 2007년 다음커뮤니케이션 '2006블로거기자상'을 수상했다. 4년 6개월간 만난 길고양이와 사람들 이야기를 담은 첫 책 『나는 길고양이에 탐닉한다』(갤리온, 2007)를 펴냈다. 8년간 기자와 출판편집자로 일했던 경험을 토대로 고양이에 대한 책을 기획하고 쓰며 살고 있다.

고양이, 만나러 갑니다
행복한 고양이를 찾아가는 일본 여행
ⓒ고경원, 2010

1 판 1 쇄	2010년 1월 8일
1 판 4 쇄	2013년 2월 8일

지 은 이	고경원
펴 낸 이	정민영
책 임 편 집	손희경
디 자 인	김은희·손현주
마 케 팅	이숙재
제 작 처	영신사

펴 낸 곳	(주)아트북스
출판등록	2001년 5월 18일 제406-2003-057호
주 소	413-756 경기도 파주시 교하읍 문발동 파주출판도시 513-7 2층
대표전화	031-955-8888
문의전화	031-955-7977(편집) 031-955-3578(마케팅)
팩 스	031-955-8855
전자우편	artbooks21@naver.com
홈페이지	www.artinlife.co.kr

ISBN 978-89-6196-052-6 03810

이 도서의 국립중앙도서관 출판시도서목록(CIP)은 e-CIP 홈페이지(http://www.nl.go.kr/ecip)에서 이용하실 수 있습니다.(CIP제어번호: CIP2009004054)